唐詩三百首簡注

蘅塘退士　編選

潘步釗　導讀

| 責任編輯 | 許正旺 |
| 書籍設計 | 任媛媛 |

書　　名	唐詩三百首簡注
編　　選	蘅塘退士
注　　釋	人民文學出版社編輯部
導　　讀	潘步釗
出　　版	三聯書店（香港）有限公司
	香港北角英皇道 499 號北角工業大廈 20 樓
	Joint Publishing (H.K.) Co., Ltd.
	20/F., North Point Industrial Building,
	499 King's Road, North Point, Hong Kong
香港發行	香港聯合書刊物流有限公司
	香港新界荃灣德士古道 220-248 號 16 樓
印　　刷	美雅印刷製本有限公司
	香港九龍觀塘榮業街 6 號 4 樓 A 室
版　　次	2000 年 7 月香港第一版第一次印刷
	2020 年 4 月香港第二版第一次印刷
	2022 年 6 月香港第二版第二次印刷
規　　格	特 32 開（105 mm × 165 mm）480 面
國際書號	ISBN 978-962-04-4603-0

© 2000, 2020 Joint Publishing (H.K.) Co., Ltd.

Published & Printed in Hong Kong

再版說明

　　"三聯文庫"自一九九八年出版，遴選中外文學代表作，包羅古今文類。文庫前後收錄小說、詩詞、散文、戲劇、翻譯作品等八十二種，為讀者提供豐盛的文學滋養，有利於讀者輕鬆閱讀、欣賞經典。

　　文庫初版時值本店成立五十週年，如今本店已逾從心之年，故將重版本文庫以作紀念。為滿足大眾讀者需求，是次再版仍維持優惠的定價，設計則凸顯書本手感與閱讀內文的舒適度，更特邀資深中文科老師、作家撰寫導讀，引導讀者品賞名作。

　　為保全作品原貌，編輯不對原書內文作明顯改動，只修訂部分文字、標點、注釋資料等錯處，以示尊重。雖經細緻校正，惟編輯水平所限，錯漏難免，懇請讀者指正。

三聯書店（香港）有限公司

出版部

二〇二〇年一月

目錄

岑 參

杜 甫

元 結

韓 愈

柳宗元

白居易

卷三　五言律詩

李 白

杜 甫

王 維

卷四　七言律詩

白居易

李商隱

溫庭筠

薛　逢

秦韜玉

樂府

沈佺期

卷五　五言絕句

王　維

裴　迪

祖　詠

孟浩然

李　白

卷六 七言絕句

導讀

潘步釗

　　《唐詩三百首》的編選者是清代蘅塘退士（1711-1778），蘅塘退士原名孫洙，是乾隆十六年（1751）進士。他在《原序》中自明此書的用意是要針對《千家詩》的不足，編選一本"童而習之，白首亦莫能廢"的唐詩讀本：

　　　　因專就唐詩中膾炙人口之作，擇其尤要者，每體得數十首，共三百餘首，錄成一編。

　　對於清代人來說，《唐詩三百首》既反映清人對唐詩體制的認識，同時亦具體探討和表達了他們的詩法理論，是清代詩學的重要組成部分。其實自唐代開始就已經出現不少唐詩的選輯編集，一直至清代，風氣仍然盛行。清代的唐詩選集，一種是根據詩論家詩學思想而編成的專門選本，另一種是反映蒙學需要的普及性選本。蘅塘退士的《唐詩三百首》屬於後者，而且也是當時和後世最受歡迎，流佈最廣泛、影響最大的選本，是學習唐詩最常用的教材。這選本面世後，一直受到知識分子所重視和推許，五四新文學時期，朱自清（1898-1948）也寫過《〈唐詩三百首〉指導大概》一文，讓青年人知所學習的門徑，至於他認為作者模仿《詩經》而定三百篇之數，說法大抵也合理正確。

"詩至唐一變"，不但"一變"，而且中國舊體詩的形式，在這"一變"之後，大抵也就在唐代固定了，後來近千年的宋至清各朝代，都沒有重大的改變。無論是近體詩或者古體詩，唐代都不但到了豐富成熟的時期，呈現千姿百態，一直到了清末西方詩學東來之後，出現了白話詩，中國詩歌才有了另一種語言形式的發展。

唐詩的題材和思想感情豐富多元，數百年間，天才詩人輩出，優秀的作品滿目琳瑯。由邊塞萬里到野寺庭館，由青山綠水到閨閣牀幃，展現的空間和情感幅度相當大，技巧和手法都達到很高的水平。唐詩作品數量眾多，根據《全唐詩》所錄，詩歌有近五萬首，有名字記錄的詩人有二千多人。詩人和詩作不但數目眾多，而且風格迥異：浩瀚軍旅、苦寒邊塞、男女相思、閨婦傷情、佛道隱逸、意氣風雲，真個是"無事不可入，無意不成詩"。二百多年中，這大批詩人的先後出現，以不同內容為題材寫成風格多元，又極具文學技巧的作品，共同成就了中國文學史上既光彩奪目，亦開宏蓬勃的唐詩氣象。

中國古典詩歌到了唐代，既發展到相當豐富成熟的地步，後來的宋代，無法重複，只好"分拆"出"宋詩"和"宋詞"兩條路子，所以錢鍾書（1910-1998）曾說："有唐詩作榜樣是宋人的大幸，也是宋人的大不幸。"（《〈宋詩選注〉序》）唐詩的技巧，指導和啟發著後代千年的中國文學作品，匯通不同藝術形式的表現方法。多讀，不但會"吟"會"偷"，更可以在沉浸中，提升了文學藝術欣賞和表達的水平高度，這是欣賞唐詩的重要切入角度。唐詩手法多變，難以片言說得透徹，這裡以下面三首詩為例，略作比較，分析其中寫作技巧，希望見微可知其大。

岐王宅裡尋常見，崔九堂前幾度聞。

正是江南好風景，落花時節又逢君。

杜甫《江南逢李龜年》

十年離亂後，長大一相逢。

問姓驚初見，稱名憶舊容。

別來滄海事，語罷暮天鐘。

明日巴陵道，秋山又幾重。

李益《喜見外弟又言別》

君問歸期未有期，巴山夜雨漲秋池。

何當共剪西窗燭，卻話巴山夜雨時。

李商隱《夜雨寄北》

這三首詩的作者分別是盛唐時期的杜甫
（712-770）、中唐的李益（748?-829?）和晚唐的
李商隱（813?-858）。三人主要活動時間相距超
過一百年，這亦是唐詩發展得最蓬勃燦爛的時
期。三首詩在後世都是名作，受到許多讚賞和重
視。從內容看，三首詩都是寫重逢，題材和情境
相近，但手法不同，產生的藝術效果和特色也不

同。篇幅所限，只簡述一下，讀者要欣賞和學習唐詩的技巧，必須多讀其他作品，參研比較。

杜甫《江南逢李龜年》寫安史亂後，與好朋友樂師李龜年在江南重遇，劫後相逢，恍如隔世，在大好風景的襯托下，卻將萬語千言收結在"落花時節又逢君"一句，相逢之後如何，作者不說，讀者可以無限想像，結尾戛然而止，卻含蓄無盡，盡得"意在言外"之妙。李益的《喜見外弟又言別》，時間上處理用"直線"表達，由相逢到問好再又分別，順序寫來，曲折跌宕，捕捉心理和行動細節，準確深刻，"問姓驚初見，稱名憶舊容"，可能是不少人與舊朋友重逢時的經驗，作者善於觀察生活細節和感覺，巧於捕捉置放。至於李商隱的《夜雨寄北》就打破直線的時序敘述，詩人和妻子相別千里，人在異地想像他年重聚時，會如何回想今天，用想像扭捏時空，短短二十八個字，在時空上卻漫長空廓，設想紛飛，別離的思念因此而表達得很深刻。三首詩均以相逢為內容，但敘述角度、起始、語言、時空等處理不同，卻都是詩歌寫作的極高水平示範。唐詩技巧高妙，多讀，自可細味！

唐詩技巧紛繁豐富，是學習文學創作的上佳典範，即使在其他方面，如對仗、用典、聲韻等，在詩歌技巧已臻非常成熟的唐代詩人筆下，也能展現無窮的藝術表現力，例如杜甫《登高》、王之渙（688-742）《登鸛雀樓》等詩，對仗工整而自然融入詩中情景，都是成功例子。另一方面，題材豐富多元，又能深刻廣泛反映唐代社會與各階層人物的情感和生活。文學反映時代，閱讀唐詩，讀者可以讀到整個唐代的時代情感氣氛和生活文化，欣賞上佳文學技巧之外，也是重要的得著和享受。

出版說明

　　唐代詩壇群星燦爛、百花齊放，呈現出空前繁榮的景象，無論是內容的豐富、題材的多樣，還是體制的完備、技巧的成熟，唐詩都超越前代而成為中國古典詩歌史上的一座舉世聞名的豐碑。唐詩不僅是祖國文化遺產中的珍品，同時也是世界文學寶庫中獨具異彩的瑰寶，千百年來，它以巨大的藝術魅力，吸引著一代又一代讀者，至今仍能給人們以美的享受、思想的啟迪和藝術的借鑒。

　　唐代是詩歌創作的極盛時期，僅清康熙時編纂的《全唐詩》便收錄了二千二百餘位詩人的作品近五萬首。因為數量太多，不易普及，所以唐詩選本在唐代即已開始出現，唐代以後更有多種選本流行，而其中篇幅較為適中、選詩較為精當、在舊選本中傳播最廣的是清代孫洙（別號蘅塘退士）編選的《唐詩三百首》，因為這個選本入選的大多為膾炙人口的名篇，故有“風行海內，幾至家置一編”的美譽。

《唐詩三百首》成書以後，一向有多種注釋本流行，這些注本各有特色，對讀者閱讀和欣賞唐詩均極有幫助。本書特點是盡量避免越注越詳、越釋越繁的趨向，著重注釋字詞難點，不作繁瑣串講；典故只說明含意，不作長篇徵引。這樣做使一般讀者在掃除了最基本的閱讀障礙後，有更廣闊的空間來欣賞和領略原作的魅力。這就是我們編寫這本"簡注"的緣起和目的，希望它能得到廣大讀者的喜歡。

編者
二〇〇〇年六月

蘅塘退士原序

　　世俗兒童就學，即授《千家詩》，取其易於成誦，故流傳不廢。但其詩隨手掇拾，工拙莫辨，且止五七律絕二體，而唐、宋人又雜出其間，殊乖體制。因專就唐詩中膾炙人口之作，擇其尤要者，每體得數十首，共三百餘首，錄成一編，為家塾課本，俾童而習之，白首亦莫能廢，較《千家詩》不遠勝耶？諺云："熟讀唐詩三百首，不會吟詩也會吟。"請以是編驗之。

卷一　五言古詩

張九齡

678 － 740

　　張九齡（678－740），字子壽，韶州曲江
（今廣東韶關）人。唐中宗景龍初中進士，玄宗
朝應 "道侔伊呂科"，策試高第，位至宰相。
在位直言敢諫，舉賢任能，為一代名相。曾預
言安祿山狼子野心，宜早誅滅，未被採納。他
守正不阿，為奸臣李林甫所害，被貶為荊州長
史。開元末年，告假南歸，卒於曲江私第。他
七歲能文，終以詩名。其詩由雅淡清麗，轉趨
樸素遒勁，運用比興，寄託諷喻，對初唐詩風
的轉變，起了推動的作用。

感遇 [1]（二首）

其一

蘭葉春葳蕤，桂華秋皎潔。[2]

欣欣此生意，自爾為佳節。[3]

誰知林棲者，聞風坐相悅。[4]

草木有本心，何求美人折。[5]

注釋

1 　感遇：對生活中的某些事物有所感觸。

2 　葳蕤：枝葉紛披的樣子。

3 　自爾：因此，以此。

4 　坐：殊，極。程度副詞。

5 　本心：草木的根幹心蕊，借喻本性和本願。折：採摘。

其二

江南有丹橘，經冬猶綠林。

豈伊地氣暖，自有歲寒心。[1]

可以薦嘉客，奈何阻重深。[2]

運命唯所遇，循環不可尋。

徒言樹桃李，此木豈無陰。[3]

注釋

1　**歲寒心**：耐寒的品性。

2　**薦**：貢獻，陳獻。

3　**樹**：動詞，種植。

李　白
701 － 762

　　李白（701－762），字太白，自稱與李
唐皇室同宗，祖籍隴西成紀（今甘肅天水）。
少居蜀中，讀書學道。二十五歲出川遠遊，酒
隱安陸，客居魯郡。這期間曾西入長安，求取
功名，卻失意東歸；至天寶初，以玉真公主之
薦，奉詔入京，供奉翰林。不久便被讒出京，
漫遊各地。安史亂起，為了平叛，入永王李璘
軍幕；及永王為肅宗所殺，因受牽連，身陷囹
圄，長流夜郎。遇赦東歸，往依族叔當塗（今
屬安徽）令李陽冰，不久病逝。他以詩名於當
世，為時人所激賞，謂其詩可以"泣鬼神"。
他以富於浪漫主義的詩歌反映現實，描寫山
川，抒發壯志，吟詠豪情，因而成為光照古今
的偉大詩人。

下終南山過斛斯山人宿置酒 [1]

暮從碧山下，山月隨人歸。

卻顧所來徑，蒼蒼橫翠微。 [2]

相攜及田家，童稚開荊扉。 [3]

綠竹入幽徑，青蘿拂行衣。 [4]

歡言得所憩，美酒聊共揮。 [5]

長歌吟松風，曲盡河星稀。 [6]

我醉君復樂，陶然共忘機。 [7]

注釋

1　**終南山**：一稱南山，在今西安市南。**過**：拜訪。**斛斯山人**：復姓斛斯的一位隱士。山人，指隱士。

2　**卻顧**：回頭望。**翠微**：輕淡青蔥的山色。

3　**相攜**：手拉著手，此猶言相伴。**及**：到達。**田家**：指斛斯山人家。**荊扉**：柴門。

4　**青蘿**：即女蘿，地衣類植物。**行衣**：行人的衣服。

5　**揮**：此處為盡情飲酒之意。

6　**松風**：樂府琴曲有《風入松》。**河星稀**：銀河中星辰稀少，說明夜將盡。

7　**忘機**：忘卻世俗的機巧，與世無爭。

月下獨酌

花間一壺酒，獨酌無相親。

舉杯邀明月，對影成三人。

月既不解飲，影徒隨我身。

暫伴月將影，行樂須及春。[1]

我歌月徘徊，我舞影零亂。

醒時同交歡，醉後各分散。

永結無情遊，相期邈雲漢。[2]

注釋

1　**將**：與，和。

2　**相期**：互相約會。**邈**：遙遠。**雲漢**：銀河。

春思

燕草如碧絲，秦桑低綠枝。[1]

當君懷歸日，是妾斷腸時。[2]

春風不相識，何事入羅帷？[3]

注釋

1　燕：指古燕地，即今河北、遼寧一帶。秦：指古秦地，即今陝西關中一帶。

2　妾：舊時女子對自己的謙稱。

3　羅帷：絲織的帳幕。

杜　甫

712 － 770

杜甫（712－770），字子美，祖籍襄陽（今屬湖北），出生於鞏縣（今屬河南）。早年南遊吳越，北遊齊趙，裘馬清狂而科場失利，未能考中進士。後入長安，困頓十年，以獻三大禮賦，始博得看管兵器的小官。安史亂起，為叛軍所俘，脫險後赴靈武，麻鞋見天子，被任為左拾遺，又貶為華州司功參軍。後棄官西行，客秦州，寓同谷，入蜀定居成都浣花草堂。嚴武鎮蜀，薦授檢校工部員外郎。次年嚴武死，即移居夔州。後攜家出峽，漂泊鄂湘，死於舟中。詩人迭經盛衰離亂，飽受艱難困苦，寫出了許多反映現實憂國憂民的詩篇，被稱為"詩史"；他集詩歌藝術之大成，是繼往開來的偉大詩人。

望嶽 [1]

岱宗夫如何？齊魯青未了。[2]

造化鍾神秀，陰陽割昏曉。[3]

蕩胸生層雲，決眥入歸鳥。[4]

會當凌絕頂，一覽眾山小。[5]

注釋

1　嶽：指泰山，在今山東泰安。

2　**岱宗**：即泰山，古代尊為五嶽之首，故稱。**齊魯**：春秋國
　　名，齊在泰山北，魯在泰山南。

3　**造化**：大自然。**鍾**：集中。

4　**決眥**：張大眼眶。

5　**會當**：終當，含有定將的意思。**凌**：登上。

贈衛八處士 [1]

人生不相見，動如參與商。[2]

今夕復何夕，共此燈燭光。

少壯能幾時，鬢髮各已蒼。[3]

訪舊半為鬼，驚呼熱中腸。[4]

焉知二十載，重上君子堂。[5]

昔別君未婚，兒女忽成行。

怡然敬父執，問我來何方。[6]

問答未及已，驅兒羅酒漿。

夜雨剪春韭，新炊間黃粱。[7]

主稱會面難，一舉累十觴。[8]

十觴亦不醉，感子故意長。[9]

明日隔山嶽，世事兩茫茫。

注釋

1　**衛八**：名不詳，八是其在兄弟中的排行。**處士**：隱者。

2　**動**：往往。**參、商**：二星名，東西相對，此出彼沒。

3　**蒼**：鬢髮斑白。

4　**訪舊**：打聽故舊親友的消息。**熱中腸**：心中火辣辣的，形容情緒極為激動。

5　**君子**：指衛八處士。

6　**怡然**，和悅的樣子。**父執**：父親的好友。

7　**間**：夾雜。**黃粱**：粟米名，即黃小米。

8　**累**：接連。**觴**：酒杯。

9　**故意**：老友念舊的情意。

佳人

絕代有佳人，幽居在空谷。

自雲良家子，零落依草木。

關中昔喪亂，兄弟遭殺戮。[1]

官高何足論，不得收骨肉。

世情惡衰歇，萬事隨轉燭。[2]

夫婿輕薄兒，新人美如玉。[3]

合昏尚知時，鴛鴦不獨宿。[4]

但見新人笑，那聞舊人哭。

在山泉水清，出山泉水濁。

侍婢賣珠回，牽蘿補茅屋。[5]

摘花不插髮，採柏動盈掬。[6]

天寒翠袖薄，日暮倚修竹。[7]

注釋

1　關中：今陝西潼關以西。

2　轉燭：燭光隨風搖動，喻世態反覆無常。

3　輕薄兒：輕浮放蕩的青年。

4　合昏：即夜合花，朝開夜合。

5　蘿：女蘿，地衣類植物。

6　掬：兩手捧東西。

7　修竹：修長的竹子。

夢李白（二首）

其一

死別已吞聲，生別常惻惻。[1]
江南瘴癘地，逐客無消息。[2]
故人入我夢，明我長相憶。
恐非平生魂，路遠不可測。
魂來楓林青，魂返關塞黑。[3]
君今在羅網，何以有羽翼？
落月滿屋樑，猶疑照顏色。[4]
水深波浪闊，無使蛟龍得。

注釋

1　**吞聲**：失聲痛哭。**惻惻**：傷痛。
2　**江南**：泛指長江以南地區。**瘴癘**：南方濕熱地區流行的惡性疾病。**逐客**：貶謫流放遠地的人，時李白因事流放夜郎。
3　**楓林青**：指李白流放的江南地區，其地多楓林，典出《楚辭·招魂》。**關塞黑**：指秦隴關塞，時杜甫在秦州。
4　**顏色**：指夢中所見李白的面容。

其二

浮雲終日行，遊子久不至。

三夜頻夢君，情親見君意。

告歸常侷促，苦道來不易。[1]

江湖多風波，舟楫恐失墜。

出門搔白首，若負平生志。

冠蓋滿京華，斯人獨憔悴。[2]

孰云網恢恢，將老身反累？[3]

千秋萬歲名，寂寞身後事。[4]

注釋

1 告歸：謂魂告辭歸去。苦道：反復説道。

2 冠蓋：帽子和車蓋，代指京城的達官貴人。斯人：此人，
   指李白。

3 網恢恢：語出《老子》：「天網恢恢，疏而不漏。」身反累：
   指被流放。

4 「千秋」二句：阮籍《詠懷》：「千秋萬歲後，榮名安所之。」

王　維
701? — 761?

　　王維（701?－761?），字摩詰，原籍太
原祁縣（今屬山西），父輩遷居於蒲州（今山
西永濟）。進士及第，任大樂丞，因事貶為濟
州司倉參軍。曾奉使出塞，回朝官尚書右丞。
安史之亂，身陷叛軍，接受偽職。受降官處
分。其名字取自維摩詰居士，心向佛門。雖為
朝廷命官，卻常隱居藍田輞川別業，過著亦官
亦隱的居士生活。多才多藝，能書善畫，詩歌
成就以山水詩見長，描摹細緻，富於禪趣。蘇
軾謂其"詩中有畫"，"畫中有詩"，正指出其
詩畫的特色和造詣。他是唐代山水田園詩派的
代表。

送綦毋潛落第還鄉 [1]

聖代無隱者，英靈盡來歸。[2]
遂令東山客，不得顧採薇。[3]
既至金門遠，孰云吾道非？[4]
江淮度寒食，京洛縫春衣。[5]
置酒長安道，同心與我違。[6]
行當浮桂棹，未幾拂荊扉。[7]
遠樹帶行客，孤城當落暉。[8]
吾謀適不用，勿謂知音稀。[9]

注釋

1　落第：未考取進士。

2　聖代：聖明之世。英靈：英俊靈秀的人才。

3　東山客：指隱居之士。東晉謝安曾隱居東山。採薇：殷末伯
　　夷、叔齊曾採薇於首陽山下，後世即以“採薇”代稱隱居。

4　金門：漢宮有金馬門，此指朝廷。

5　寒食：節令名，清明前一日或二日。京洛：指長安與洛陽。

6　同心：朋友。違：分離。

7　桂棹：用桂樹做的划船工具，此代指船。

8　行客：指綦毋潛。

9　適：偶然。

送別

下馬飲君酒，問君何所之？[1]

君言不得意，歸臥南山陲。[2]

但去莫復問，白雲無盡時。

注釋

1　飲君酒：勸君飲酒。何所之：往何處去。

2　歸臥：隱居。南山：指終南山，秦嶺山峰之一。陲：邊界。

青溪 [1]

言入黃花川，每逐青溪水。[2]
隨山將萬轉，趣途無百里。[3]
聲喧亂石中，色靜深松裡。
漾漾泛菱荇，澄澄映葭葦。[4]
我心素已閒，清川澹如此。[5]
請留盤石上，垂釣將已矣。[6]

注釋

1　青溪：在今陝西沔縣東。

2　黃花川：在今陝西鳳縣東北。

3　趣：同“趨”，奔走。

4　漾漾：水波動蕩的樣子。菱荇：兩種水草名。葭葦：蘆葦。

5　澹：恬靜。

6　盤石：又大又平的石頭。將已矣：意謂從此隱居終生。

渭川田家 [1]

斜陽照墟落，窮巷牛羊歸。[2]

野老念牧童，倚杖候荊扉。

雉雊麥苗秀，蠶眠桑葉稀。[3]

田夫荷鋤至，相見語依依。

即此羨閒逸，悵然吟式微。[4]

注釋

1　渭川：即渭水，源於甘肅鳥鼠山，經陝西，流入黃河。

2　墟落：村莊。窮巷：深巷。

3　雉雊：野雞鳴叫。

4　式微：《詩經》篇名，詩寫歸隱之思，其中有"式微，式微，胡不歸"之句。

西施詠 [1]

艷色天下重，西施寧久微？[2]

朝為越溪女，暮作吳宮妃。[3]

賤日豈殊眾，貴來方悟稀。[4]

邀人傅香粉，不自著羅衣。[5]

君寵益嬌態，君憐無是非。[6]

當時浣紗伴，莫得同車歸。

持謝鄰家子，效顰安可希？[7]

注釋

1　**西施**：春秋時越國美女，後由越王勾踐獻給吳王夫差。

2　**寧**：哪會。**微**：卑賤。

3　**越溪**：指若耶溪，在今浙江紹興東南。相傳西施曾在此浣
　　紗。

4　**悟**：發覺。

5　**傅**：通"敷"，搽抹。**羅**：絲織品。

6　**君**：指吳王夫差。**憐**：愛。

7　**持謝**：奉告。**效顰**：模仿西施皺眉頭。此用"東施效顰"
　　典故，見《莊子·天運》。

孟浩然
689－740

　　孟浩然（689－740），字浩然，襄州襄陽（今屬湖北）人。早年隱居鹿門山，四十歲入長安應進士考落第，失意東歸，自洛陽東遊吳越，即所謂“山水尋吳越，風塵厭洛京”。張九齡出鎮荊州，引為從事，後病疽卒。他是不甘隱淪而以隱淪終老的詩人。其詩多寫山水田園的幽清境界，卻不時流露出一種失意情緒，所以詩雖沖淡而有壯逸之氣，為當世詩壇所推崇。

秋登蘭山寄張五 [1]

北山白雲裡，隱者自怡悅。[2]

相望試登高，心隨雁飛滅。

愁因薄暮起，興是清秋發。

時見歸村人，沙行渡頭歇。

天邊樹若薺，江畔洲如月。[3]

何當載酒來，共醉重陽節。[4]

注釋

1　蘭山：一作"萬山"，在今湖北襄陽西北。

2　隱者：詩人自稱。

3　薺：薺菜。

4　何當：何時。

夏日南亭懷辛大

山光忽西落，池月漸東上。[1]

散髮乘夕涼，開軒臥閒敞。[2]

荷風送香氣，竹露滴清響。

欲取鳴琴彈，恨無知音賞。

感此懷故人，中宵勞夢想。

注釋

1　山光：照山的陽光。池月：映池的月亮。

2　散髮：古人平時束髮，散髮表示閒放不拘。軒：窗。

宿業師山房待丁大不至 [1]

夕陽度西嶺，群壑倏已暝。[2]
松月生夜涼，風泉滿清聽。
樵人歸欲盡，煙鳥棲初定。[3]
之子期宿來，孤琴候蘿徑。[4]

注釋

1　業師：名叫業的和尚，師是對和尚的尊稱。山房：指寺
　　宇。丁大：丁鳳，大是其排行。
2　壑：山谷。倏：忽然。暝：昏暗。
3　煙鳥：暮煙中的歸鳥。
4　之子：指丁大。宿：隔夜。蘿徑：長滿地衣類植物的山路。

王昌齡

約 698－約 756

　　王昌齡（約 698－約 756），字少伯，京
兆長安（今陝西西安）人。早年貧賤，困於農
耕，年近不惑，始中進士。初任秘書省校書
郎，又中博學宏辭，授汜水尉，因事貶嶺南。
開元末返長安，改授江寧丞。被謗謫龍標尉。
安史亂起，為刺史閭丘曉所殺。其詩以七絕見
長，尤以登第之前赴西北邊塞所作邊塞詩最著
名，有"詩家夫子王江寧"之譽。

同從弟南齋玩月憶山陰崔少府 [1]

高臥南齋時，開帷月初吐。[2]

清輝澹水木，演漾在窗戶。[3]

荏苒幾盈虛，澄澄變今古。[4]

美人清江畔，是夜越吟苦。[5]

千里共如何，微風吹蘭杜。[6]

注釋

1　從弟：堂弟。山陰：今浙江紹興。少府：即縣尉。

2　帷：帳幕。

3　澹：水波搖動。演漾：蕩漾。

4　荏苒：形容時間推移。盈虛：指月圓月缺。

5　美人：指崔少府。越吟：唱越地之歌。

6　千里共：指雖相隔遙遠，但卻共賞一輪明月。蘭杜：蘭草、杜若，均香草名。

丘 為

生卒年不詳

丘為（生卒年不詳），字不詳，蘇州嘉興（今屬浙江）人。累舉不第，歸里苦讀。至天寶初始登進士，與王維、劉長卿友善，嘗相唱和。官至太子右庶子，致仕歸，時年八十餘，繼母健在，給俸祿之半，以孝稱。年九十六，以壽終。詩擅五言，善摹湖山景色。

尋西山隱者不遇

絕頂一茅茨，直上三十里。[1]
扣關無僮僕，窺室唯案几。[2]
若非巾柴車，應是釣秋水。[3]
差池不相見，黽勉空仰止。[4]
草色新雨中，松聲晚窗裡。
及茲契幽絕，自足蕩心耳。[5]
雖無賓主意，頗得清淨理。
興盡方下山，何必待之子！[6]

注釋

1 茅茨：茅草屋。

2 扣關：敲門。

3 巾：用巾覆蓋。

4 差池：參差不齊，此指你來我往，未得見面。黽勉：努力。

5 契：融洽，接觸。

6 之子：此人，指隱者。

綦毋潛

約 692 －約 749

綦毋潛（約 692 －約 749），字孝通（一作季通），荊南（今湖北荊州）人。開元中登進士第，授宜壽尉，遷右拾遺，入集賢院待制，終著作郎。後見兵亂，乃棄冠歸隱江東別業。其詩多寫山林幽寂之境與方外隱逸之情。

春泛若耶溪 [1]

幽意無斷絕，此去隨所偶。[2]

晚風吹行舟，花路入溪口。

際夜轉西壑，隔山望南斗。[3]

潭煙飛溶溶，林月低向後。[4]

生事且瀰漫，願為持竿叟。[5]

注釋

1　若耶溪：在今紹興南若耶山下。

2　偶：遇。

3　際夜：傍晚。南斗：即斗宿，位置在南，為越之分野。

4　潭煙：指夜晚潭上的霧氣。溶溶：廣大的樣子。

5　生事：生計。且：正。瀰漫：猶言渺茫。

常　建
生卒年不詳

　　常建（生卒年不詳），字號籍貫均不詳。或説長安（今陝西西安）人，不確。開元中與王昌齡同榜進士。曾任盱眙尉，後隱居鄂渚，陶醉於山水之間。其詩多寫山水田園，以及邊塞題材，風格接近王孟詩派。

宿王昌齡隱居

清溪深不測，隱處惟孤雲。

松際露微月，清光猶為君。

茅亭宿花影，藥院滋苔紋。[1]

余亦謝時去，西山鸞鶴群。[2]

注釋

1　宿：止，停留。藥院：種藥草的院落。滋：生長。

2　謝時去：謝絕時人，遠離現實。鸞鶴：古代常指仙人騎乘
　　的鳥。

岑　參
715? — 770

　　岑參（715?—770），原籍南陽，移居江
陵（今屬湖北）。少時讀書於嵩山，後遊京洛
河朔，隱居終南別業。天寶三年（744）進士
及第，授右內率府兵曹參軍。後赴安西高仙芝
幕府掌書記，復赴北庭封常清幕府任職。對邊
塞生活深有體驗。肅宗朝拜右補闕。長安收復
後，轉起居舍人，以上書指斥權佞，出為虢州
長史。代宗朝入蜀，兩任嘉州刺史。罷官後終
年客居成都。其詩以邊塞詩著稱，寫邊塞風光
及將士生活，氣勢磅礴，昂揚奔放，因而成為
邊塞詩派的代表。

與高適薛據登慈恩寺浮圖 [1]

塔勢如湧出，孤高聳天宮。
登臨出世界，磴道盤虛空。[2]
突兀壓神州，崢嶸如鬼工。[3]
四角礙白日，七層摩蒼穹。[4]
下窺指高鳥，俯聽聞驚風。
連山若波濤，奔湊似朝東。
青槐夾馳道，宮館何玲瓏。[5]
秋色從西來，蒼然滿關中。[6]
五陵北原上，萬古青濛濛。[7]
淨理了可悟，勝因夙所宗。[8]
誓將掛冠去，覺道資無窮。[9]

注釋

1　慈恩寺：唐高宗李治當太子時為其母文德皇后修建的寺
　　院，故名"慈恩"。浮圖：即佛塔。

2　磴道：指塔中石階。

3　突兀：高聳的樣子。崢嶸：高峻的樣子。鬼工：指神力，
　　非人力所能為。

4　摩：迫近。蒼穹：即蒼天。

5 **馳道**：皇帝乘輦經行之道。**玲瓏**：空明貌。

6 **關中**：指今陝西中部地區。

7 **五陵**：五座漢代皇帝的陵墓，均在長安城北。

8 **淨理**：即佛理，佛性清淨無垢，故云。**勝因**：佛家語，指
　　一種殊妙的善因。

9 **掛冠**：掛起官帽，表示辭去官職。**覺道**：使人覺悟的佛
　　理。**資**：用。

元　結
719? － 772

元結（719?－772），字次山，魯縣（今河南魯山）人。鮮卑族後代。少居商餘山，著《元子》十篇。天寶中進士及第。安史亂起，舉族南奔，先後避居於猗（今湖北大冶）與瀼溪（今江西瑞昌），以耕釣自全。肅宗朝以右金吾兵曹參軍攝監察御史銜，充山南東道節度參謀，招募義軍，抗擊叛軍。代宗朝拜著作郎，後任道州刺史，轉容州刺史，兼御史中丞。母喪守制於祁陽浯溪。奉命入京，病逝於旅舍。其詩一反浮華文風，以救時勸俗為宗旨。他是新樂府運動的先行者。

賊退示官吏

癸卯歲，西原賊入道州，[1] 焚燒殺掠，幾盡而去。明年，賊又攻永破邵，[2] 不犯此州邊鄙而退。[3] 豈力能制敵歟？蓋蒙其傷憐而已。諸使何為忍苦徵斂，[4] 故作詩一篇，以示官吏。

昔年逢太平，山林二十年。

泉源在庭戶，洞壑當門前。

井稅有常期，日晏猶得眠。[5]

忽然遭世變，數歲親戎旃。[6]

今來典斯郡，山夷又紛然。[7]

城小賊不屠，人貧傷可憐。

是以陷鄰境，此州獨見全。

使臣將王命，豈不如賊焉。

今彼徵斂者，迫之如火煎。

誰能絕人命，以作時世賢。

思欲委符節，引竿自刺船。[8]

將家就魚麥，歸老江湖邊。[9]

注釋

1　**西原**：西原蠻，指在今廣西的唐代少數民族。**道州**：今湖南道縣。

2　**永**：永州，今屬湖南。**邵**：今湖南邵陽。

3　**邊鄙**：邊境。

4　**諸使**：指收賦稅的官吏。

5　**井**：井田，古代的一種土地制度。**晏**：晚。

6　**戎旃**：軍帳。旃，通“氈”。

7　**典**：掌管。**山夷**：指居住在山裡的少數民族，即指序文中的“西原賊”。

8　**委**：棄去。**符節**：代指朝廷任命的官銜。**刺船**：用篙撐船。

9　**將家**：攜帶家人。**魚麥**：指富饒的魚米之鄉。

韋應物

737 — 792?

　　韋應物（737－792?），京兆萬年（今陝西西安）人。係貴冑出身，少為皇帝侍衛。後入太學，折節讀書。代宗朝入仕途，歷任洛陽丞、鄠縣令、滁州刺史、江州刺史、蘇州刺史。罷官後，終年閒居蘇州諸佛寺。其詩多寫山水田園，清麗閒淡，和平之中時露幽憤之情。詩作反映民間疾苦，頗富於同情心，是中唐藝術成就較高的詩人。

郡齋雨中與諸文士燕集 [1]

兵衛森畫戟，燕寢凝清香。[2]

海上風雨至，逍遙池閣涼。[3]

煩痾近消散，嘉賓復滿堂。[4]

自慚居處崇，未睹斯民康。[5]

理會是非遣，性達形跡忘。[6]

鮮肥屬時禁，蔬果幸見嘗。

俯飲一杯酒，仰聆金玉章。[7]

神歡體自輕，意欲凌風翔。

吳中盛文史，群彥今汪洋。[8]

方知大藩地，豈曰財賦強！[9]

注釋

1. 郡齋：州郡衙門的休息之室。燕集：舉行宴會。
2. 畫戟：加彩畫的戟。戟，古代的一種兵器。燕：通"宴"，飲酒。
3. 海：此指東海。
4. 煩痾：煩悶與疾病。
5. 崇：高貴。
6. 形跡：指禮儀的約束。

7 **金玉章**：聲韻鏗鏘悅耳的詩篇。

8 **吳中**：指今蘇州地區。**群彥**：群英，指"諸文士"。**汪洋**：
喻指諸文士氣度不凡。

9 **大藩**：指大郡，即蘇州。藩，本指王侯的封地。

初發揚子寄元大校書 [1]

凄凄去親愛，泛泛入煙霧。[2]

歸棹洛陽人，殘鐘廣陵樹。[3]

今朝此為別，何處還相遇？

世事波上舟，沿洄安得住？[4]

注釋

1　**揚子**：即揚子江，在今江蘇揚州南。**校書**：官名，即校書郎。

2　**親愛**：指親戚朋友。**泛泛**：指行船漂浮。

3　**廣陵**：今江蘇揚州。

4　**沿洄**：順流而下，或逆流而上。

寄全椒山中道士 [1]

今朝郡齋冷，忽念山中客。

澗底束荊薪，歸來煮白石。[2]

欲持一瓢酒，遠慰風雨夕。

落葉滿空山，何處尋行跡。

注釋

1　**全椒**：縣名，今屬安徽。

2　**澗**：兩山之間的水溝。**荊薪**：柴草。**白石**：古代有仙人煮石為糧的傳說。

長安遇馮著 [1]

客從東方來，衣上灞陵雨。[2]
問客何為來，採山因買斧。
冥冥花正開，颺颺燕新乳。[3]
昨別今已春，鬢絲生幾縷？

注釋

1　**長安**：唐京城，今陝西西安。

2　**灞陵**：即灞上。在長安東，漢文帝葬於此。

3　**冥冥**：形容花繁的樣子。**颺颺**（yáng 羊）：鳥飛翔的樣子。

夕次盱眙縣 [1]

落帆逗淮鎮，停舫臨孤驛。[2]
浩浩風起波，冥冥日沉夕。
人歸山郭暗，雁下蘆洲白。[3]
獨夜憶秦關，聽鐘未眠客。[4]

注釋

1　次：止宿。盱眙：今屬江蘇。

2　逗：停留。淮鎮：淮水旁的市鎮，指盱眙。舫：船。臨：
　　靠近。驛：供郵差和官員旅宿的水陸交通站。

3　蘆洲：蘆葦叢生的水中陸地。

4　秦：今陝西的簡稱，因戰國時為秦地而得名。客：詩人
　　自稱。

東郊

吏舍跼終年，出郭曠清曙。[1]

楊柳散和風，青山澹吾慮。[2]

依叢適自憩，緣澗還復去。[3]

微雨靄芳原，春鳩鳴何處。[4]

樂幽心屢止，遵事跡猶遽。[5]

終罷斯結廬，慕陶真可庶。[6]

注釋

1　跼：拘束，限制。曠清曙：清晨陽光映照下心曠神怡。

2　澹：安定，此作動詞。慮：雜念。

3　緣：沿著。還復去：徘徊往來。

4　靄：迷濛，作動詞，有使然之意。

5　心屢止：多次想隱居於此。事：公事。遽：恐慌。

6　結廬：指隱居。陶：指陶淵明。庶：庶幾，接近。

送楊氏女 [1]

永日方戚戚，出行復悠悠。[2]

女子今有行，大江溯輕舟。[3]

爾輩苦無恃，撫念益慈柔。[4]

幼為長所育，兩別泣不休。[5]

對此結中腸，義往難復留。

自小闕內訓，事姑貽我憂。[6]

賴茲托令門，仁恤庶無尤。[7]

貧儉誠所尚，資從豈待周？[8]

孝恭遵婦道，容止順其猷。[9]

別離在今晨，見爾當何秋？[10]

居閒始自遣，臨感忽難收。[11]

歸來視幼女，零淚緣纓流。[12]

注釋

1　楊氏女：楊氏撫育的女兒。

2　永日：整天。戚戚：悲傷。出行：指出嫁。悠悠：憂思的樣子。

3　溯：逆流而上。

4　　**無恃**：失去母親。**慈柔**：慈祥柔和。

5　　此句題下原注："幼女為楊氏所撫育。"

6　　**內訓**：母親的教誨。**姑**：婆婆。**貽我憂**：使我煩憂。

7　　**托**：倚靠。**令門**：對其夫家的尊稱。**仁恤**：愛憐。**尤**：過
　　　失。

8　　**資從**：指嫁妝。**周**：完備。

9　　**容止**：儀容與行為。**猷**：規矩，法度。

10　**何秋**：何年。

11　**臨感**：臨到有感觸的時候。**收**：控制。

12　**纓**：帽帶。

柳宗元

773－819

柳宗元（773－819），字子厚，河東（今
山西永濟）人。貞元年間進士及第，復中博學
宏辭，授集賢院正字。調藍田尉，遷監察御史
里行。順宗即位，任禮部員外郎，參與政治革
新。不久憲宗繼位，廢新政，打擊革新派，被
貶為永州司馬，十年後召還長安，復出為柳州
刺史。病逝於柳州。與韓愈發起古文運動，為
一代古文大家，世稱"韓柳"。其詩得《離騷》
餘意，常於自然景物中寄託幽思，纖穠而歸於
淡泊，簡古而含有至味，成就不及散文，卻能
獨具特色。

晨詣超師院讀禪經[1]

汲井漱寒齒，清心拂塵服。[2]

閒持貝葉書，步出東齋讀。[3]

真源了無取，妄跡世所逐。[4]

遺言冀可冥，繕性何由熟？[5]

道人庭宇靜，苔色連深竹。[6]

日出霧露餘，青松如膏沐。[7]

澹然離言說，悟悅心自足。[8]

注釋

1　詣：到。超師：名字叫超的和尚。

2　汲井：從井裡打水。

3　貝葉書：指佛經。古印度用貝多羅樹葉寫經。

4　真源：真正的本源。妄跡：虛妄之事。逐：追求。

5　冥：暗合。繕性：修心養性。

6　道人：指詩題中的超師。

7　膏沐：古時婦女用來潤髮的油脂。

8　澹然：恬靜的樣子。離言說：無適當的語言來表達。悟悅：悟道的樂趣。

溪居

久為簪組束，幸此南夷謫。[1]

閒依農圃鄰，偶似山林客。

曉耕翻露草，夜榜響溪石。[2]

來往不逢人，長歌楚天碧。[3]

注釋

1　**簪組**：古代官吏的服飾，此指官職。**南夷**：古代對南方少數民族的稱呼。**謫**：被降職或調往邊遠地區，時柳氏被貶為永州司馬。

2　**夜榜**：夜裡行船。

3　**楚天**：指楚地，永州古屬楚國。

樂府

王昌齡

塞上曲[1]

蟬鳴空桑林，八月蕭關道。[2]
出塞復入塞，處處黃蘆草。
從來幽并客，皆共塵沙老。[3]
莫學游俠兒，矜誇紫騮好。[4]

注釋

1　塞上曲：唐代《塞上曲》、《塞下曲》，由漢代樂府《入塞曲》、《出塞曲》演變而來，內容多寫邊塞戰事。

2　蕭關：關名，在今寧夏固原東南。

3　幽并：二州名，轄今京、冀、晉一部分地區。塵沙：幽并二州邊緣連接沙漠。

4　游俠兒：好交遊而富於俠義的人。矜誇：自誇。紫騮：駿馬名。

塞下曲

　　飲馬渡秋水，水寒風似刀。

　　平沙日未沒，黯黯見臨洮。[1]

　　昔日長城戰，咸言意氣高。[2]

　　黃塵足今古，白骨亂蓬蒿。

注釋

1　平沙：廣漠的沙原。黯黯：模糊不清。臨洮：今屬甘肅。
　　秦築長城，西起臨洮。

2　咸言：都説。

李　白

關山月 [1]

明月出天山，蒼茫雲海間。[2]
長風幾萬里，吹度玉門關。[3]
漢下白登道，胡窺青海灣。[4]
由來征戰地，不見有人還。
戍客望邊邑，思歸多苦顏。[5]
高樓當此夜，嘆息未應閒。[6]

注釋

1　關山月：古樂府舊題，多寫離別之哀傷。

2　天山：指祁連山，在今青海、甘肅兩省邊界。

3　玉門關：在今甘肅敦煌西，為通往西域要道。

4　白登：在今大同東北，匈奴曾困劉邦於此。胡：此指吐蕃。

5　戍客：指戍邊的士兵。

6　高樓：此指住在高樓裡的士兵妻室。

子夜吳歌 [1]

長安一片月，萬戶搗衣聲。[2]
秋風吹不盡，總是玉關情。[3]
何日平胡虜，良人罷遠征？[4]

注釋

1 **子夜吳歌**：六朝樂府有《子夜歌》，因產生於吳地，亦稱
   《子夜吳歌》，多寫男女戀情。

2 **搗衣**：在砧石上搗衣料，是製寒衣的工序。

3 **玉關**：指玉門關。

4 **胡虜**：對敵人的蔑稱。**良人**：古代婦女對丈夫的稱呼。

長干行 [1]

妾髮初覆額，折花門前劇。[2]
郎騎竹馬來，繞牀弄青梅。[3]
同居長干里，兩小無嫌猜。[4]
十四為君婦，羞顏未嘗開。
低頭向暗壁，千喚不一回。
十五始展眉，願同塵與灰。[5]
常存抱柱信，豈上望夫台？[6]
十六君遠行，瞿塘灩澦堆。[7]
五月不可觸，猿聲天上哀。
門前遲行跡，一一生綠苔。[8]
苔深不能掃，落葉秋風早。
八月蝴蝶來，雙飛西園草。
感此傷妾心，坐愁紅顏老。[9]
早晚下三巴，預將書報家。[10]
相迎不道遠，直至長風沙。[11]

注釋

1　**長干行**：晉代樂府古辭有《長干曲》。長干，古地名，故址在今南京秦淮河之東。

2　**初覆額**：頭髮剛蓋著前額，謂年幼。**劇**：遊戲。

3　**騎竹馬**：跨著竹竿當馬騎的兒童遊戲。**牀**：此指坐具。

4　**無嫌猜**：沒有嫌疑猜忌，指男女年幼無防。

5　**展眉**：情感從眉宇間流露出來。

6　**抱柱信**：用尾生守信等待，抱橋柱淹死的故事。

7　**灩澦堆**：長江瞿塘峽口一塊突起江面的巨大礁石。今已炸掉。

8　**遲**：徐行。

9　**坐**：因。

10　**三巴**：指巴郡、巴東郡、巴西郡，均在四川東部。

11　**長風沙**：在今安徽懷寧東長江邊上。

孟　郊

751 － 814

　　　　孟郊（751－814），字東野，湖州武康
（今浙江德清）人。早年屢試不第，漫遊南北，
流寓蘇州。及過中年，始中進士，五十歲應東
都選，授溧陽尉，以吟詩廢務，被罰半俸。河
南尹鄭餘慶辟為水陸轉運判官，定居洛陽。鄭
餘慶移鎮興元軍，任為參軍。赴鎮途中暴疾而
卒。其為詩慘淡經營，苦心孤詣，多窮愁之
詞，即蘇軾所謂"詩從肺腑出，出輒愁肺腑"，
屬苦吟詩派，繼承杜甫而別開蹊徑。

列女操 [1]

梧桐相待老，鴛鴦會雙死。[2]
貞婦貴殉夫，捨生亦如此。[3]
波瀾誓不起，妾心古井水。

注釋

1　**列女**：同"烈女"，古代有節操的婦女。**操**：琴曲的一種體裁。

2　**梧桐**：落葉喬木，傳説梧為雄樹，桐為雌樹。**會**：終究。

3　**殉**：以死相從。

遊子吟 [1]

慈母手中線，遊子身上衣。

臨行密密縫，意恐遲遲歸。

誰言寸草心，報得三春暉？ [2]

注釋

1　　題下原注："迎母溧水上。"

2　　寸草：小草，喻子女。三春：指春天的三個月。暉：陽光，喻慈母的愛。

卷二　七言古詩

陳子昂

661 － 702

　　陳子昂（661－702），字伯玉，梓州射洪（今屬四川）人。世為豪族，少以俠知名。後入長安遊太學。文明初進士及第，拜麟台正字。從征西域，至張掖而返。後轉右拾遺。又隨軍東征契丹，參謀軍事。返京後，仍為右拾遺。諫議多不合，因解官還鄉。為縣令誣陷入獄，被迫害致死。其為詩力主恢復漢魏風骨，一變初唐浮靡詩風，或諷諫朝政，或感懷身世，落地作金石聲。他是唐代詩歌革新的先驅。

登幽州台歌 [1]

前不見古人，後不見來者。

念天地之悠悠，獨愴然而涕下。 [2]

注釋

1　**幽州台**：即薊州北城樓，故址在今北京。

2　**悠悠**：形容地久天長。**愴然**：悲傷的樣子。**涕**：眼淚。

李 頎

690? － 751?

　　李頎（690?－751?），趙郡（今河北趙縣）人，長期居潁水之陰的東川別業（在今河南登封）。偶爾出遊東西兩京，結交當代文士。開元二十三年（735）進士及第，不久任新鄉尉。經五次考績，未得遷調，因辭官歸東川。其詩以邊塞詩著稱，可與高適、岑參、王昌齡等相頡頏；描寫音樂的詩篇，亦具特色。他在唐代詩壇地位頗高。

古意 [1]

男兒事長征，少小幽燕客。[2]

賭勝馬蹄下，由來輕七尺。[3]

殺人莫敢前，鬚如猬毛磔。[4]

黃雲隴坻白雲飛，未得報恩不能歸。[5]

遼東小婦年十五，慣彈琵琶解歌舞。

今為羌笛出塞聲，使我三軍淚如雨。[6]

注釋

1 **古意**：即擬古、效古。

2 **事長征**：指從軍。**幽燕**：今河北、遼寧一帶。

3 **賭勝**：決勝負。**輕七尺**：不怕死。七尺，指身軀。

4 **磔**（jié 傑）：開張的樣子。

5 **黃雲**：指黃色塵埃。**隴坻**：即隴阪，今甘肅隴山。

6 **羌**：古代西北地區的一個少數民族。

送陳章甫

四月南風大麥黃，棗花未落桐葉長。

青山朝別暮還見，嘶馬出門思舊鄉。

陳侯立身何坦蕩，虬鬚虎眉仍大顙。[1]

腹中貯書一萬卷，不肯低頭在草莽。[2]

東門沽酒飲我曹，心輕萬事如鴻毛。

醉臥不知白日暮，有時空望孤雲高。

長河浪頭連天黑，津吏停舟渡不得。[3]

鄭國遊人未及家，洛陽行子空嘆息。[4]

聞道故林相識多，罷官昨日今如何！[5]

注釋

1　陳侯：對陳章甫的尊稱。**虬鬚**：如虬龍一樣捲曲的鬚。
　　仍：並且。**大顙**（sǎng 嗓）：寬闊的額頭。

2　**草莽**：草野。

3　**津吏**：管渡口的小吏。

4　**鄭國遊人**：指陳章甫。**洛陽行子**：詩人自稱。

5　**故林**：故園，故鄉。

琴歌

主人有酒歡今夕，請奏鳴琴廣陵客。[1]
月照城頭烏半飛，霜淒萬木風入衣。[2]
銅爐華燭燭增輝，初彈淥水後楚妃。[3]
一聲已動物皆靜，四座無言星欲稀。
清淮奉使千餘里，敢告雲山從此始。

注釋

1　廣陵客：指善彈琴的人，琴曲有《廣陵散》。

2　半飛：分飛。

3　淥水：古曲名。楚妃：即《楚妃嘆》，為樂府吟歌曲。

聽董大彈胡笳聲兼寄語弄房給事 [1]

蔡女昔造胡笳聲，一彈一十有八拍。[2]

胡人落淚沾邊草，漢使斷腸對歸客。[3]

古戍蒼蒼烽火寒，大荒沉沉飛雪白。[4]

先拂商絃後角羽，四郊秋葉驚摵摵。[5]

董夫子，通神明，深山竊聽來妖精。

言遲更速皆應手，將往復旋如有情。

空山百鳥散還合，萬里浮雲陰且晴。

嘶酸雛雁失群夜，斷絕胡兒戀母聲。

川為淨其波，鳥亦罷其鳴。

烏孫部落家鄉遠，邏娑沙塵哀怨生。[6]

幽音變調忽飄灑，長風吹林雨墮瓦。

迸泉颯颯飛木末，野鹿呦呦走堂下。[7]

長安城連東掖垣，鳳凰池對青瑣門。[8]

高才脫略名與利，日夕望君抱琴至。[9]

注釋

1 　董大：指董庭蘭，善彈琴。弄：一種音樂體裁。**房給事**：
　　房琯，唐肅宗時曾為宰相。

2 **蔡女**：蔡琰，字文姬。世傳作有《胡笳十八拍》。**拍**：樂曲的段落。

3 **歸官**：指蔡文姬。她曾入南匈奴，後來歸漢。

4 **古戍**：古代邊地戍守的哨所。**大荒**：指邊地遼闊的荒野。

5 **商絃**：商音之絃，古代以宮商角徵羽為五音。**角羽**：古代五音中的兩個音。**摵摵**：落葉聲。

6 **烏孫**：漢西域國名，武帝以江都公主嫁其主。**邏娑**：唐時吐蕃首都，即今西藏拉薩。

7 **颯颯**：雨聲，此處形容泉水的迸射聲。**呦呦**：鹿鳴聲。

8 **東掖垣**：指皇宮東邊的門下省。**鳳凰池**：指中書省，因接近皇帝之故得此名。

9 **脫略**：不受拘束。

聽安萬善吹觱篥歌 [1]

南山截竹為觱篥，此樂本自龜茲出。[2]

流傳漢地曲轉奇，涼州胡人為我吹。[3]

傍鄰聞者多嘆息，遠客思鄉皆淚垂。

世人解聽不解賞，長颷風中自來往。[4]

枯桑老柏寒颼飀，九雛鳴鳳亂啾啾。[5]

龍吟虎嘯一時發，萬籟百泉相與秋。[6]

忽然更作漁陽摻，黃雲蕭條白日暗。[7]

變調如聞楊柳春，上林繁花照眼新。[8]

歲夜高堂列明燭，美酒一杯聲一曲。[9]

注釋

1　觱篥（bì lì 必栗）：一種由龜茲傳入的管樂器。

2　龜茲：古國名，在今新疆庫車。

3　涼州：今甘肅武威。

4　長颷：暴風，喻樂聲急驟。

5　颼飀：風聲。

6　萬籟：自然界發出的各種聲響。

7　漁陽摻：即《漁陽摻撾》，鼓調名，音調悲壯。黃雲：雲色昏暗。

8　　**楊柳**：即《折楊柳》，古曲名。**上林**：古苑名，舊址在今陝
　　西西安。

9　　**歲夜**：陰曆除夕。

孟浩然

夜歸鹿門歌 [1]

山寺鳴鐘晝已昏，漁梁渡頭爭渡喧。[2]
人隨沙岸向江村，余亦乘舟歸鹿門。
鹿門月照開煙樹，忽到龐公棲隱處。[3]
岩扉松徑長寂寥，唯有幽人自來去。[4]

注釋

1　鹿門：山名，在今湖北襄陽。
2　晝已昏：天已昏暗。漁梁：渡口名，在襄陽城外漢水之濱。
3　龐公：龐德公。漢末隱士，曾隱居鹿門。
4　岩扉：石門。幽人：隱士，詩人自稱。

李 白

廬山謠寄盧侍御虛舟[1]

我本楚狂人，鳳歌笑孔丘。[2]手持綠玉杖，[3]朝別黃鶴樓。五嶽尋仙不辭遠，一生好入名山遊。廬山秀出南斗傍，屏風九疊雲錦張，影落明湖青黛光。[4]金闕前開二峰長，銀河倒掛三石梁。[5]香爐瀑布遙相望，回崖沓嶂凌蒼蒼。[6]翠影紅霞映朝日，鳥飛不到吳天長。[7]登高壯觀天地間，大江茫茫去不還。黃雲萬里動風色，白波九道流雪山。[8]好為廬山謠，興因廬山發。閒窺石鏡清我心，謝公行處蒼苔沒。[9]早服還丹無世情，琴心三疊道初成。[10]遙見仙人彩雲裡，手把芙蓉朝玉京。[11]先期汗漫九垓上，願接盧敖遊太清。[12]

注釋

1　**謠**：古代唱歌不用樂器伴奏叫謠。**侍御**：官名，即侍御史。

2　**楚狂**：指春秋時楚國人陸通，曾作歌勸孔子不要出仕；歌曰：" 鳳兮，鳳兮，何德之衰也？" 稱作 " 鳳歌 "。

3　**綠玉杖**：傳為仙人所用的手杖。

4　**南斗**：星名，古人認為廬山是它的分野。**屏風九疊**：九疊屏。其峰多重，如九疊屏風。**影**：指映入鄱陽湖的廬山倒影。**明湖**：指鄱陽湖，古稱彭蠡湖。**青黛**：青黑色。

5　**金闕**：指金闕巖，在香爐峰西南。**二峰**：指香爐峰和雙劍峰。**三石梁**：三座石梁；石梁，如橋樑般的山石。

6　**香爐**：指廬山香爐峰。**回崖**：曲折的懸崖。**沓嶂**：重疊的山峰。**蒼蒼**：青天。

7　**吳天**：春秋時，廬山一帶屬吳國。

8　**九道**：古代傳說，長江流至潯陽分為九派。**雪山**：指江中波浪。

9　**石鏡**：廬山東南有圓石，明淨如鏡。**謝公**：指南朝宋代詩人謝靈運，他曾遊廬山。

10　**還丹**：道家煉丹燒成水銀，再還原成丹砂。**琴心三疊**：道家術語，指心神安靜的境界。

11　**玉京**：道家認為大神元始天尊居住在玉京。

12　**先期**：預先約會。**汗漫**：傳說中的神仙。**九垓**（gāi 該）：九天之上。**盧敖**：戰國時燕國人，秦始皇召為博士，後派他去求神仙，因此他也成了神仙一類人物。此處代指盧侍御。**太清**：道家稱天的最高處為太清。

夢遊天姥吟留別 [1]

　　海客談瀛洲，煙濤微茫信難求。[2] 越人語天姥，雲霞明滅或可睹。天姥連天向天橫，勢拔五嶽掩赤城。[3] 天台四萬八千丈，[4] 對此欲倒東南傾。我欲因之夢吳越，一夜飛度鏡湖月。[5] 湖月照我影，送我至剡溪。[6] 謝公宿處今尚在，[7] 淥水蕩漾清猿啼。腳著謝公屐，身登青雲梯。[8] 半壁見海日，空中聞天雞。千岩萬轉路不定，迷花倚石忽已暝。[9] 熊咆龍吟殷岩泉，慄深林兮驚層巔。[10] 雲青青兮欲雨，水澹澹兮生煙。列缺霹靂，[11] 丘巒崩摧。洞天石扉，訇然中開。[12] 青冥浩蕩不見底，日月照耀金銀台。[13] 霓為衣兮風為馬，雲之君兮紛紛而來下。[14] 虎鼓瑟兮鸞回車，仙之人兮列如麻。[15] 忽魂悸以魄動，恍驚起而長嗟。[16] 惟覺時之枕席，失向來之煙霞。[17] 世間行樂亦如此，古來萬事東流水。別君去兮何時還？且放白鹿青崖間，[18] 須行即騎訪名山。安能摧眉折腰事權貴，[19] 使我不得開心顏！

注釋

1. **天姥**（mǔ 母）：山名，在今浙江新昌之東。

2. **海客**：從海上來的客人。**瀛洲**：傳說中海上三仙山之一。
   信：誠然，確實。

3. **拔**：超拔。**赤城**：山名，在今浙江天台城北。

4. **天台**：浙東名山。上應台星，故名天台。

5. **越**：指今浙江一帶。**鏡湖**：即鑒湖，在今浙江紹興之南。

6. **剡溪**：水名，在今浙江嵊縣南。

7. **謝公**：指南北朝宋代詩人謝靈運，他曾遊天姥山。

8. **謝公屐**：謝靈運特製的一種專供登山用的木鞋。**青雲梯**：
   山路高峻陡峭，如攀登青天的梯子。

9. **暝**：天色昏暗。

10. **殷**：雷聲。**層巔**：重疊的山峰。

11. **列缺**：閃電。

12. **洞天**：道家稱神仙居住的地方。**扉**：門，一作 “扇”。**訇**
    （hōng 轟）**然**：巨響。

13. **青冥**：青天。**金銀台**：傳說為神仙居住的地方。

14. **雲之君**：雲神。

15. **回車**：拉車。**列如麻**：極言仙人之多。

16. **悸**：驚怕。**恍**：失意的樣子。

17. **覺**：醒來。**向來**：剛才，指夢中。

18. **白鹿**：傳說中的神獸，為仙人之坐騎。

19. **摧眉**：低眉。**事**：侍奉。

金陵酒肆留別 [1]

風吹柳花滿店香，吳姬壓酒勸客嘗。[2]
金陵子弟來相送，欲行不行各盡觴。[3]
請君試問東流水，別意與之誰短長？

注釋

1　金陵：今南京。酒肆：酒店。

2　吳姬：吳地女子，此指酒店侍女。壓酒：酒釀成時，壓酒糟取酒。

3　子弟：年輕人。盡觴：乾杯。

宣州謝朓樓餞別校書叔雲 [1]

棄我去者，昨日之日不可留。

亂我心者，今日之日多煩憂。

長風萬里送秋雁，對此可以酣高樓。 [2]

蓬萊文章建安骨，中間小謝又清發。 [3]

俱懷逸興壯思飛，欲上青天覽明月。 [4]

抽刀斷水水更流，舉杯銷愁愁更愁。

人生在世不稱意，明朝散髮弄扁舟。

注釋

1　宣州：今安徽宣城。謝朓樓：南齊詩人謝朓所建的樓閣，
　　在宣城陵陽山上。校書：官名，即校書郎。

2　酣：暢飲。

3　蓬萊：傳說中海上仙山，相傳仙府難得的典籍俱存於此，
　　漢時稱官家藏書之東觀為蓬萊山。此指唐代的秘書省。建
　　安：東漢末獻帝的年號，當時曹操、曹丕及建安七子詩風
　　遒勁，後人稱之為 “建安風骨”。小謝：指謝朓，此處詩人
　　自指。

4　覽：通 “攬”，摘取之意。

岑 參

走馬川行奉送封大夫出師西征 [1]

君不見走馬川行雪海邊，平沙莽莽黃入天。輪台九月風夜吼，[2] 一川碎石大如斗，隨風滿地石亂走。匈奴草黃馬正肥，金山西見煙塵飛，漢家大將西出師。[3] 將軍金甲夜不脫，半夜軍行戈相撥，[4] 風頭如刀面如割。馬毛帶雪汗氣蒸，五花連錢旋作冰，幕中草檄硯水凝。[5] 虜騎聞之應膽慴，料知短兵不敢接，車師西門佇獻捷。[6]

注釋

1   走馬川：地名，即今新疆境內的車爾臣河。封大夫：封常清，時為北庭都護、伊西節度、瀚海軍使。

2   輪台：古輪台當在今新疆烏魯木齊郊外。

3   匈奴：漢朝對北方部族的統稱。金山：即新疆西南部的阿爾泰山。漢家：實指唐朝。

4   金甲：鐵甲。撥：碰撞。

5 **五花**：將馬頸上的毛剪成五瓣花的式樣。**連錢**：指馬身上的花紋。**草檄**：起草軍用文書。

6 **虜騎**：敵方的騎兵。**慴**：恐懼。**短兵**：指刀劍等短兵器。**車師**：唐安西都護府治所。

輪台歌奉送封大夫出師西征 [1]

輪台城頭夜吹角，輪台城北旄頭落。[2]
羽書昨夜過渠黎，單于已在金山西。[3]
戍樓西望煙塵黑，漢兵屯在輪台北。[4]
上將擁旄西出征，平明吹笛大軍行。[5]
四邊伐鼓雪海湧，三軍大呼陰山動。[6]
虜塞兵氣連雲屯，戰場白骨纏草根。[7]
劍河風急雲片闊，沙口石凍馬蹄脫。[8]
亞相勤王甘苦辛，誓將報主靜邊塵。[9]
古來青史誰不見，今見功名勝古人。[10]

注釋

1 **輪台**：古輪台當在今新疆烏魯木齊郊外。

2 **角**：古代軍中用以報時的一種吹器。**旄頭落**：胡星落，意謂胡人將要覆滅。

3 **羽書**：緊急軍用文書。**渠黎**：當時西域軍事重鎮，在輪台東南。**單于**：匈奴的首領。

4 **戍樓**：邊境用以瞭望敵情的哨樓。

5 **旄**：旗杆飾物，皇帝賜給大將出師的憑證。**吹笛**：此指出兵時吹奏軍笛。

6 　**陰山**：在今內蒙古中部，此泛指西北邊地的山。

7 　**虜塞**：敵方要塞。

8 　**劍河**：水名，在今新疆境內。

9 　**亞相**：唐代對御史大夫的稱呼，此指封常清。**勤王**：為皇帝出力，指平定叛亂。

10 　**青史**：古代用竹簡記事，故稱史書為"青史"。

白雪歌送武判官歸京 [1]

北風捲地白草折，胡天八月即飛雪。[2]

忽如一夜春風來，千樹萬樹梨花開。

散入珠簾濕羅幕，狐裘不暖錦衾薄。[3]

將軍角弓不得控，都護鐵衣冷猶著。[4]

瀚海闌干百丈冰，愁雲慘淡萬里凝。[5]

中軍置酒飲歸客，胡琴琵琶與羌笛。[6]

紛紛暮雪下轅門，風掣紅旗凍不翻。[7]

輪台東門送君去，去時雪滿天山路。

山迴路轉不見君，雪上空留馬行處。

注釋

1　**判官**：官名，是節度使的僚屬。

2　**白草**：西北草原上的野草，入秋乾枯變白。**胡天**：此指西北地區。

3　**狐裘**：狐皮裘衣。**錦衾**：錦緞被子。

4　**角弓**：用獸角裝飾的弓。**控**：拉開。**都護**：邊地武將。

5　**瀚海**：大沙漠。**闌干**：縱橫的樣子。

6　**中軍**：指主帥的營帳。**歸客**：指武判官。

7　**轅門**：軍營的外門，立車轅為門，故名。**掣**（chè 徹）：牽動。

杜　甫

韋諷錄事宅觀曹將軍畫馬圖 [1]

國初已來畫鞍馬，神妙獨數江都王。[2]
將軍得名三十載，人間又見真乘黃。[3]
曾貌先帝照夜白，龍池十日飛霹靂。[4]
內府殷紅瑪瑙盤，婕妤傳詔才人索。[5]
盤賜將軍拜舞歸，輕紈細綺相追飛。[6]
貴戚權門得筆跡，始覺屏障生光輝。
昔日太宗拳毛騧，近時郭家獅子花。[7]
今之新圖有二馬，復令識者久嘆嗟。
此皆戰騎一敵萬，縞素漠漠開風沙。[8]
其餘七匹亦殊絕，迥若寒空雜煙雪。
霜蹄蹴踏長楸間，馬官廝養森成列。[9]
可憐九馬爭神駿，顧視清高氣深穩。[10]
借問苦心愛者誰？後有韋諷前支遁。[11]
憶昔巡幸新豐宮，翠華拂天來向東。[12]
騰驤磊落三萬匹，皆與此圖筋骨同。[13]

自從獻寶朝河宗，無復射蛟江水中。[14]

君不見金粟堆前松柏裡，龍媒去盡鳥呼風。[15]

注釋

1　　**錄事**：官名，即錄事參軍，為州郡佐吏。**曹將軍**：曹霸，善畫馬。

2　　**國初**：指唐朝開國之初。**已來**：以來。**江都王**：指唐太宗的侄子李緒。

3　　**真乘黃**：真的神馬。乘黃，傳說中的神馬。

4　　**貌**：作動詞，描繪之意。**先帝**：指唐玄宗李隆基。**照夜白**：玄宗的馬名。**龍池**：在唐宮南內（興慶宮），南薰殿北。

5　　**婕妤**（jié yú 捷余）：宮中女官的名稱。

6　　**輕紈細綺**：精美的絲織品。

7　　**拳毛騧**：唐太宗駿馬名。**郭家**：郭子儀。**獅子花**：代宗駿馬名。

8　　**縞素**：白色畫絹。

9　　**蹴踏**：踩踏。**長楸間**：大道上。**森成列**：言馬官卒極多。

10　**顧視清高**：形容昂首的神情。

11　**支遁**：東晉名僧，本姓關，字道林，愛養馬。

12　**新豐宮**：指華清宮。**翠華**：皇帝儀仗中用翠羽裝飾的旗幟。

13　**騰驤**：跳躍，奔馳。**磊落**：眾多的樣子。**筋骨**：指筋骨挺硬。

14　**獻寶朝河宗**：據載周穆王西行至陽紆之山，河伯來朝獻寶，穆王不久便死了。此指玄宗死去。

15　**金粟堆**：玄宗的陵墓，在今陝西蒲城金粟山上。**龍媒**：指良馬。

丹青引 [1] 贈曹將軍霸

將軍魏武之子孫，於今為庶為清門。[2]
英雄割據雖已矣，文采風流今尚存。[3]
學書初學衛夫人，但恨無過王右軍。[4]
丹青不知老將至，富貴於我如浮雲。
開元之中常引見，承恩數上南薰殿。[5]
凌煙功臣少顏色，將軍下筆開生面。[6]
良相頭上進賢冠，猛將腰間大羽箭。[7]
褒公鄂公毛髮動，英姿颯爽猶酣戰。[8]
先帝天馬玉花驄，畫工如山貌不同。[9]
是日牽來赤墀下，迥立閶闔生長風。[10]
詔謂將軍拂絹素，意匠慘淡經營中。[11]
須臾九重真龍出，一洗萬古凡馬空！
玉花卻在御榻上，榻上庭前屹相向。[12]
至尊含笑催賜金，圉人太僕皆惆悵。[13]
弟子韓幹早入室，亦能畫馬窮殊相。[14]
幹惟畫肉不畫骨，忍使驊騮氣凋喪。[15]
將軍畫善蓋有神，偶逢佳士亦寫真。[16]
即今漂泊干戈際，屢貌尋常行路人。[17]

途窮反遭俗眼白，世上未有如公貧。

但看古來盛名下，終日坎壈纏其身。[18]

注釋

1　**丹青**：繪畫用的材料，後用為繪畫的代稱。**引**：樂府詩體的一種。

2　**魏武**：魏武帝的省稱，即曹操。**為庶為清門**：謂曹霸曾為庶民，出身寒素。

3　**英雄割據**：曹操平定中原，與蜀吳三足鼎立。

4　**衛夫人**：名鑠，王羲之曾在她門下學習書法。**王右軍**：指王羲之，曾任右軍將軍。

5　**南薰殿**：長安南內興慶宮的內殿。

6　**凌煙功臣**：指凌煙閣上的功臣畫像。**開生面**：又有了新面目、新形象。

7　**進賢冠**：文官戴的帽子。

8　**褒公**：褒國公段志玄。**鄂公**：鄂國公尉遲敬德。**颯爽**：英武飛動的樣子。

9　**天馬**：一作「御馬」。**玉花驄**：駿馬名。

10　**赤墀**：宮殿的紅色台階。**迥**：遠。**閶闔**：神話中的天門，此指宮門。

11　**意匠**：指構思。

12　**玉花**：指畫中的玉花驄。**榻**：指坐具。**屹相向**：即屹立相對。

13　**至尊**：指皇帝。**圉人**：養馬的人。**太僕**：掌管皇帝車馬的官。**惆悵**：此謂驚訝讚嘆。

14　**韓幹**：唐代畫家，善畫馬。**入室**：得到真傳。**窮殊相**：能
　　窮盡各種形態。

15　**驊騮**：駿馬名。

16　**寫真**：畫像。

17　**干戈**：指戰亂。**貌**：描摹。

18　**坎壈**（kǎn lǎn 砍覽）：窮困失意。

寄韓諫議注 [1]

我今不樂思洛陽，身欲奮飛病在牀。

美人娟娟隔秋水，濯足洞庭望八荒。[2]

鴻飛冥冥日月白，青楓葉赤天雨霜。[3]

玉京群帝集北斗，或騎麒麟翳鳳凰。[4]

芙蓉旌旗煙霧落，影動倒景搖瀟湘。[5]

星宮之君醉瓊漿，羽人稀少不在旁。[6]

似聞昨者赤松子，恐是漢代韓張良。[7]

昔隨劉氏定長安，帷幄未改神慘傷。[8]

國家成敗我豈敢，色難腥腐餐楓香。

周南留滯古所惜，南極老人應壽昌。[9]

美人胡為隔秋水，焉得置之貢玉堂？[10]

注釋

1　諫議：官名，即諫議大夫。

2　美人：指韓注，古代常以美人比君子。**濯足**：洗腳。八荒：八方荒遠之地。

3　**鴻飛冥冥**：指賢人遠去。

4　玉京：道教稱元始天尊所居之處為玉京。**群帝**：指眾天神。**翳**：遮蔽，此處為騎乘之意。

5　**瀟湘**：二水名，在今湖南零陵境合流。

6　**星宮之君**：指仙人。**羽人**：穿羽衣的仙人，即飛仙。

7　**赤松子**：古代仙人名。**韓張良**：張良為漢韓人，傳說曾從赤松子遊。

8　**帷幄未改**：言韓注運籌帷幄之謀仍起作用。

9　**南極**：指老人星，傳說天下太平，此星才出現。

10　**玉堂**：指朝廷。

古柏行

孔明廟前有老柏，柯如青銅根如石。[1]
霜皮溜雨四十圍，黛色參天二千尺。[2]
君臣已與時際會，樹木猶為人愛惜。
雲來氣接巫峽長，月出寒通雪山白。
憶昨路繞錦亭東，先主武侯同閟宮。[3]
崔嵬枝幹郊原古，窈窕丹青戶牖空。[4]
落落盤踞雖得地，冥冥孤高多烈風。[5]
扶持自是神明力，正直原因造化功。
大廈如傾要樑棟，萬牛回首丘山重。
不露文章世已驚，未辭剪伐誰能送。[6]
苦心豈免容螻蟻，香葉終經宿鸞鳳。
志士幽人莫怨嗟，古來材大難為用。

注釋

1　**孔明廟**：在夔州，今四川奉節。**柯**：樹枝。

2　**霜皮溜雨**：指古柏樹皮經霜經雨而變得蒼老。**黛色**：青黑色。

3　**先主**：指劉備，蜀之開國君主。**武侯**：諸葛亮曾封武鄉侯。**閟宮**：深閉之宮，指武侯祠廟。

4　　**崔嵬**：高大的樣子。**窈窕**：幽深、深遠的樣子。**戶牖**：指
　　　孔明廟門窗。

5　　**落落**：獨立出群的樣子。

6　　**不露文章**：言古柏不以花葉之美自炫。

觀公孫大娘弟子舞劍器行 [1] 並序

　　大曆二年十月十九日，夔州別駕元持宅，[2] 見臨潁李十二娘舞劍器，[3] 壯其蔚跂，[4] 問其所師，曰："余公孫大娘弟子也。" 開元三載，余尚童稚，記於郾城觀公孫氏舞《劍器渾脫》，[5] 瀏灕頓挫，[6] 獨出冠時。自高頭宜春梨園二伎坊內人，洎外供奉舞女，[7] 曉是舞者，聖文神武皇帝初，[8] 公孫一人而已。玉貌錦衣，況余白首；今茲弟子，亦匪盛顏。既辨其由來，知波瀾莫二。[9] 撫事慷慨，[10] 聊為《劍器行》。[11] 往者吳人張旭，[12] 善草書書帖，數嘗於鄴縣見公孫大娘舞西河《劍器》，自此草書長進，豪蕩感激，[13] 即公孫可知矣。

　　昔有佳人公孫氏，一舞劍器動四方。

　　觀者如山色沮喪，天地為之久低昂。[14]

　　爥如羿射九日落，矯如群帝驂龍翔。[15]

　　來如雷霆收震怒，罷如江海凝清光。[16]

　　絳脣珠袖兩寂寞，晚有弟子傳芬芳。[17]

　　臨潁美人在白帝，妙舞此曲神揚揚。[18]

與余問答既有以，感時撫事增惋傷。

先帝侍女八千人，公孫劍器初第一。[19]

五十年間似反掌，風塵澒洞昏王室。[20]

梨園子弟散如煙，女樂餘姿映寒日。[21]

金粟堆南木已拱，瞿塘石城草蕭瑟。[22]

玳筵急管曲復終，樂極哀來月東出。[23]

老夫不知其所往，足繭荒山轉愁疾。[24]

注釋

1 公孫大娘：唐玄宗時的舞蹈家。弟子：指李十二娘。劍
器：唐代流行的武舞。

2 別駕：官名，州刺史的輔佐。

3 臨潁：唐縣名，在今河南臨潁西北。

4 蔚跂：豪放雄渾的樣子。

5 郾城：唐縣名，今屬河南。

6 瀏漓頓挫：舞姿活潑而又起伏不定。

7 洎：及、到。外供奉：居住於宮外的藝人。

8 聖文神武皇帝：唐玄宗的尊稱。

9 波瀾莫二：一脈相承，師徒舞技相仿。

10 慷慨：激昂感嘆。

11 聊：姑且。

12 張旭：當時著名書法家。

13 感激：受到鼓舞，情緒奮發。

14 色沮喪：臉色為之一變。

15 **爓**：光芒閃爍的樣子。**羿**：傳說后羿射下九個太陽，見《淮南子·本經訓》。**群帝**：指天神。**驂龍**：駕龍。

16 **來**：指劍舞開場。**清光**：平靜的波光。

17 **絳脣珠袖**：指公孫大娘的容顏和舞姿。**寂寞**：謂公孫大娘亡後，其容貌舞姿皆消逝。

18 **白帝**：指夔州。

19 **初第一**：本是第一。

20 **澒洞**：形容浩大無際。

21 **女樂**：指擅長樂舞的女子。**餘姿**：指李十二娘猶存開元盛世的歌舞風貌。**寒日**：冬日。此詩作於十月。

22 **金粟堆**：在今陝西蒲城，唐玄宗的陵墓在此。**拱**：合抱。

23 **玳筵**：華盛的宴席，一作“玳絃”。

24 **老夫**：詩人自指。

元　結

石魚湖上醉歌[1] 並序

　　漫叟以公田米釀酒，[2] 因休暇則載酒於湖上，時取一醉。歡醉中，據湖岸引臂向魚取酒，使舫載之，遍飲坐者。意疑倚巴丘酌於君山之上，[3] 諸子環洞庭而坐，酒舫泛泛然觸波濤而往來者，乃作歌以長之。[4]

石漁湖，似洞庭，夏水欲滿君山青。
山為樽，水為沼，酒徒歷歷坐洲島。[5]
長風連日作大浪，不能廢人運酒舫。[6]
我持長瓢坐巴丘，酌飲四座以散愁。

注釋

1　石魚湖：在今湖南道縣東。

2　漫叟：元結自號。

3　**巴丘**：山名，在今湖南岳陽洞庭湖邊。**君山**：山名，在洞
　　庭湖中。

1　**長**：助興。

5　**樽**：酒器。**沼**：池。**歷歷**：分明可數。

6　**廢人運酒舫**：阻止酒船在湖上往來。

韓　愈
768 － 824

　　韓愈（768－824），字退之，郡望昌黎（今屬河北），籍貫河陽（今河南孟縣）。三歲喪父，由嫂氏撫養成人。貞元進士，先後赴宣武節度、徐泗濠節度幕中任職，入朝任國子監四門博士，遷監察御史，貶陽山令。憲宗朝還京官國子博士、史館修撰、中書舍人、知制誥，隨裴度征淮西平叛有功，遷刑部侍郎，以諫迎佛骨，觸怒憲宗，貶為潮州刺史。穆宗朝調任吏部侍郎。病逝長安。與柳宗元倡導古文運動，反對駢文，提倡散文；詩歌創作亦力求獨創，不避險僻，以文為詩，形成宏偉奇崛的特點。

山石

山石犖确行徑微，黃昏到寺蝙蝠飛。[1]
升堂坐階新雨足，芭蕉葉大支子肥。[2]
僧言古壁佛畫好，以火來照所見稀。
鋪牀拂席置羹飯，疏糲亦足飽我飢。[3]
夜深靜臥百蟲絕，清月出嶺光入扉。[4]
天明獨去無道路，出入高下窮煙霏。
山紅澗碧紛爛漫，時見松櫪皆十圍。[5]
當流赤足踏澗石，水聲激激風生衣。
人生如此自可樂，豈必侷促為人鞿。[6]
嗟哉吾黨二三子，安得至老不更歸！[7]

注釋

1　**犖确**：山石不平的樣子。**微**：狹窄。
2　**支子**：即梔子，夏天開花，色白而香。
3　**疏糲**：簡便的飯食。糲，指糙米。
4　**百蟲絕**：各種蟲聲均息。
5　**櫪**：同"櫟"，一種落葉喬木。
6　**鞿**（jī 基）：馬韁繩。此作動詞，指被人控制。
7　**吾黨二三子**：指志趣相同的幾個朋友。

八月十五夜贈張功曹 [1]

纖雲四卷天無河，清風吹空月舒波。[2]

沙平水息聲影絕，一杯相屬君當歌。[3]

君歌聲酸辭正苦，不能聽終淚如雨。

洞庭連天九疑高，蛟龍出沒猩鼯號。[4]

十生九死到官所，幽居默默如藏逃。

下牀畏蛇食畏藥，海氣濕蟄熏腥臊。[5]

昨者州前捶大鼓，嗣皇繼聖登夔皋。[6]

赦書一日行千里，罪從大辟皆除死。[7]

遷者追回流者還，滌瑕蕩垢清朝班。[8]

州家申名使家抑，坎坷只得移荊蠻。[9]

判司卑官不堪說，未免捶楚塵埃間。[10]

同時流輩多上道，天路幽險難追攀。[11]

君歌且休聽我歌，我今與君豈殊科。[12]

一年月明今宵多，人生由命非由他，

有酒不飲奈明何！

注釋

1 **張功曹**：張署。功曹，官名，即功曹參軍，刺史的屬官。

2 **纖雲**：微雲。**河**：指銀河。

3 **屬**：勸酒。

4 **九疑**：亦作"九嶷"，即蒼梧山，在今湖南寧遠。**鼯**：形似松鼠的一種動物。

5 **濕蟄**：蟄伏在潮濕之處的蛇蟲。

6 **嗣皇**：指唐憲宗。**夔皋**：夔和皋，均為舜的忠臣。

7 **大辟**：死刑。

8 **遷者**：遷謫的人。**流者**：被流放的人。**朝班**：朝中的官員。

9 **州家**：州刺史。**使家**：觀察使。**坎坷**：困頓的意思。

10 **捶楚**：鞭打。

11 **天路**：指進身朝廷的途徑。

12 **殊科**：不同類，不一樣。

謁衡嶽廟遂宿嶽寺題門樓 [1]

五嶽祭秩皆三公，四方環鎮嵩當中。[2]
火維地荒足妖怪，天假神柄專其雄。[3]
噴雲洩霧藏半腹，雖有絕頂誰能窮？[4]
我來正逢秋雨節，陰氣晦昧無清風。
潛心默禱若有應，豈非正直能感通？[5]
須臾靜掃眾峰出，仰見突兀撐青空。[6]
紫蓋連延接天柱，石廩騰擲堆祝融。[7]
森然魄動下馬拜，松柏一徑趨靈宮。[8]
粉牆丹柱動光彩，鬼物圖畫填青紅。
升階傴僂薦脯酒，欲以菲薄明其衷。[9]
廟令老人識神意，睢盱偵伺能鞠躬。[10]
手持杯珓導我擲，云此最吉餘難同。[11]
竄逐蠻荒幸不死，衣食才足甘長終。
侯王將相望久絕，神縱欲福難為功。
夜投佛寺上高閣，星月掩映雲朣朧。
猿鳴鐘動不知曙，杲杲寒日生於東。[12]

注釋

1　**謁**：朝拜。**衡嶽**：即衡山，在今湖南境內。

2　**祭秩**：祭祀時的等次。**三公**：朝廷高官的通稱。**嵩**：嵩山。

3　**火維**：謂衡嶽在南方，古以五行分方位，南方屬火。**假**：
　　授抒。**神柄**：神的權力。

4　**半腹**：指衡嶽的山腰。

5　**正直**：正心誠意。

6　**須臾**：一會兒。**靜掃**：指清風悄悄地將陰雲吹走。

7　**紫蓋、天柱、石廩、祝融**：均為衡山峰名。**騰擲**：形容山
　　勢逶迤起伏。

8　**魄動**：敬畏的意思。**靈宮**：指衡嶽廟。

9　**傴僂**：躬著腰，指向神表示崇敬。**脯**：乾肉。**菲薄**：微薄。

10　**睢盱**：凝視。

11　**杯珓**：一種極簡便的占卜工具。

12　**不知曙**：不知不覺中已天亮。**杲杲**：光明的樣子。

石鼓歌

張生手持石鼓文，勸我試作石鼓歌。[1]
少陵無人謫仙死，才薄將奈石鼓何。[2]
周綱陵遲四海沸，宣王憤起揮天戈。[3]
大開明堂受朝賀，諸侯劍佩鳴相磨。
搜於岐陽騁雄俊，萬里禽獸皆遮羅。[4]
鐫功勒成告萬世，鑿石作鼓隳嵯峨。[5]
從臣才藝咸第一，揀選撰刻留山阿。[6]
雨淋日炙野火燎，鬼物守護煩撝呵。[7]
公從何處得紙本，毫髮盡備無差訛。
辭嚴義密讀難曉，字體不類隸與蝌。[8]
年深豈免有缺畫，快劍斫斷生蛟鼉。[9]
鸞翔鳳翥眾仙下，珊瑚碧樹交枝柯。[10]
金繩鐵索鎖紐壯，古鼎躍水龍騰梭。
陋儒編詩不得入，二雅褊迫無委蛇。[11]
孔子西行不到秦，掎摭星宿遺羲娥。[12]
嗟余好古生苦晚，對此涕淚雙滂沱。
憶昔初蒙博士徵，其年始改稱元和。

故人從軍在右輔，為我度量掘臼科。¹³

濯冠沐浴告祭酒，如此至寶存豈多？¹⁴

氈包席裹可立致，十鼓只載數駱駝。¹⁵

薦諸太廟比郜鼎，光價豈止百倍過？¹⁶

聖恩若許留太學，諸生講解得切磋。¹⁷

觀經鴻都尚填咽，坐見舉國來奔波。¹⁸

剜苔剔蘚露節角，安置妥帖平不頗。¹⁹

大廈深簷與覆蓋，經歷久遠期無佗。²⁰

中朝大官老於事，詎肯感激徒婗婀！²¹

牧童敲火牛礪角，誰復著手為摩挲？²²

日銷月鑠就埋沒，六年西顧空吟哦。²³

羲之俗書趁姿媚，數紙尚可博白鵝。²⁴

繼周八代爭戰罷，無人收拾理則那！²⁵

方今太平日無事，柄任儒術崇丘軻。²⁶

安能以此尚論列，願借辯口如懸河。²⁷

石鼓之歌止於此，嗚呼吾意其蹉跎！²⁸

注釋

1　**張生**：指張徹，韓愈的學生。**石鼓文**：指從石鼓上揭下來的文字。

2　**少陵**：指杜甫，杜甫曾居於長安少陵原。**謫仙**：指李白，賀知章稱李白為"謫仙人"。

3　周綱：周朝的政治制度。陵遲：衰敗。宣王：周宣王。揮天戈：指南北征戰。

4　遮羅：攔捕。

5　鐫功：在石鼓上銘刻功勳。隳：毀壞。

6　山阿：山中曲處。

7　搯呵：護持。搯，同“揮”。

8　蝌：周時所用之蝌蚪文。

9　缺畫：謂石鼓文筆畫殘缺。斫：用刀劍砍。蛟鼉：蛟龍與黿鼉。

10　翥：飛。

11　詩：指《詩經》。委蛇：寬大之意。

12　掎摭：採取。羲娥：羲和與嫦娥，代指日月。

13　度量：計劃。臼科：坑坎，指埋石鼓的坑穴。

14　濯冠沐浴：洗帽洗澡，表示虔敬。祭酒：官名，唐朝國子監有祭酒一人。

15　立致：立刻便運到。

16　薦：進獻。郜（gào 告）鼎：郜國所造的鼎。光價：猶聲價。

17　太學：指國子監。

18　填咽：阻塞，擁擠。坐：即將，時間副詞。

19　節角：指石鼓文字的筆畫有稜角。頗：歪斜。

20　無佗：無他，指無損壞。

21　中朝：猶朝中。老於事：處理事情很老練，有諷刺之意。詎肯：哪肯。媕婀：沒有主見，猶豫不決。

22　敲火：敲石取火，言石鼓被兒童隨意玩弄。摩挲：用手撫摩，表示愛惜。

23　鑠：熔化。就：歸於。

24　**趁姿媚**：追求字體的美觀。**博白鵝**：換白鵝，此用王羲之
　　以自己寫的《黃庭經》換道士白鵝的典故。

25　**八代**：泛指唐以前的八個朝代。**則那**：又奈何。

26　**柄任**：重用。**丘軻**：指孔丘、孟軻。

27　**論列**：議論。**懸河**：喻善於辭令。

28　**蹉跎**：枉廢之意。

柳宗元

漁翁

漁翁夜傍西岩宿，曉汲清湘燃楚竹。[1]
煙銷日出不見人，欸乃一聲山水綠。[2]
回看天際下中流，岩上無心雲相逐。[3]

注釋

1　**西岩**：指湖南永州西山。**清湘**：清澈的湘江水。

2　**欸乃**（ǎi nǎi 矮奶）：搖櫓聲。

3　**無心**：晉陶淵明《歸去來兮辭》："雲無心以出岫。"

白居易

772 – 846

　　白居易（772－846），字樂天，原籍太原
（今屬山西），祖上遷居下邽（今陝西渭南），
出生於新鄭（今屬河南）。少經離亂，避難越
中，歷盡困苦。貞元進士，為秘書省校書郎。
憲宗朝為翰林學士，授左拾遺。上疏求追捕刺
殺宰相武元衡兇手，被貶為江州司馬。後歷任
忠州、杭州、蘇州諸州刺史。文宗朝任太子賓
客分司東都、太子少傅分司東都，定居洛陽，
以刑部尚書致仕。晚居香山寺，號香山居士。
與元稹、張籍等人倡導新樂府運動，致力於諷
喻詩，而其閒適抒情之作，卻博得當世與後人
的喜愛與傳誦。平易通俗，深入淺出，是其詩
歌的最大特點。

長恨歌

漢皇重色思傾國，御宇多年求不得。[1]

楊家有女初長成，養在深閨人未識。[2]

天生麗質難自棄，一朝選在君王側。

回眸一笑百媚生，六宮粉黛無顏色。

春寒賜浴華清池，溫泉水滑洗凝脂。[3]

侍兒扶起嬌無力，始是新承恩澤時。

雲鬢花顏金步搖，芙蓉帳暖度春宵。[4]

春宵苦短日高起，從此君王不早朝。

承歡侍宴無閒暇，春從春遊夜專夜。

後宮佳麗三千人，三千寵愛在一身。

金屋妝成嬌侍夜，玉樓宴罷醉和春。[5]

姊妹弟兄皆列土，可憐光彩生門戶。

遂令天下父母心，不重生男重生女。

驪宮高處入青雲，仙樂風飄處處聞。[6]

緩歌慢舞凝絲竹，盡日君王看不足。

漁陽鼙鼓動地來，驚破霓裳羽衣曲。[7]

九重城闕煙塵生，千乘萬騎西南行。

翠華搖搖行復止，西出都門百餘里。[8]
六軍不發無奈何，宛轉蛾眉馬前死。[9]
花鈿委地無人收，翠翹金雀玉搔頭。
君王掩面救不得，回看血淚相和流。
黃埃散漫風蕭索，雲棧縈紆登劍閣。[10]
峨嵋山下少人行，旌旗無光日色薄。[11]
蜀江水碧蜀山青，聖主朝朝暮暮情。
行宮見月傷心色，夜雨聞鈴腸斷聲。
天旋地轉回龍馭，到此躊躇不能去。[12]
馬嵬坡下泥土中，不見玉顏空死處。
君臣相顧盡沾衣，東望都門信馬歸。
歸來池苑皆依舊，太液芙蓉未央柳。[13]
芙蓉如面柳如眉，對此如何不淚垂？
春風桃李花開日，秋雨梧桐葉落時。
西宮南內多秋草，落葉滿階紅不掃。
梨園弟子白髮新，椒房阿監青娥老。[14]
夕殿螢飛思悄然，孤燈挑盡未成眠。[15]
遲遲鐘鼓初長夜，耿耿星河欲曙天。[16]
鴛鴦瓦冷霜華重，翡翠衾寒誰與共？[17]
悠悠生死別經年，魂魄不曾來入夢。
臨邛道士鴻都客，能以精誠致魂魄。[18]

為感君王輾轉思，遂教方士殷勤覓。

排雲馭氣奔如電，升天入地求之遍。

上窮碧落下黃泉，兩處茫茫皆不見。[19]

忽聞海上有仙山，山在虛無縹緲間。

樓閣玲瓏五雲起，其中綽約多仙子。[20]

中有一人字太真，雪膚花貌參差是。[21]

金闕西廂叩玉扃，轉教小玉報雙成。[22]

聞道漢家天子使，九華帳裡夢魂驚。[23]

攬衣推枕起徘徊，珠箔銀屏迤邐開。[24]

雲髻半偏新睡覺，花冠不整下堂來。[25]

風吹仙袂飄飄舉，猶似霓裳羽衣舞。[26]

玉容寂寞淚闌干，梨花一枝春帶雨。[27]

含情凝睇謝君王，一別音容兩渺茫。[28]

昭陽殿裡恩愛絕，蓬萊宮中日月長。

回頭下望人寰處，不見長安見塵霧。

惟將舊物表深情，鈿合金釵寄將去。[29]

釵留一股合一扇，釵擘黃金合分鈿。[30]

但教心似金鈿堅，天上人間會相見。

臨別殷勤重寄詞，詞中有誓兩心知。

七月七日長生殿，夜半無人私語時。[31]

在天願作比翼鳥，在地願為連理枝。[32]

天長地久有時盡，此恨綿綿無絕期。

注釋

1　**漢皇**：借指唐玄宗。**傾國**：指絕代美女。**御宇**：統治天下。

2　**楊家有女**：指楊玄琰的女兒玉環。

3　**華清池**：在陝西臨潼驪山下，為華清宮的溫泉浴池。**凝脂**：喻指白嫩柔滑的皮膚。

4　**雲鬢**：烏雲般的頭髮。**金步搖**：一種首飾。

5　**醉和春**：醉意連著春意。

6　**驪宮**：指驪山華清宮。

7　**漁陽鼙鼓**：指安祿山在漁陽起兵叛亂。**霓裳羽衣曲**：唐代著名舞曲。

8　**翠華**：用翠羽裝飾的旗，皇帝的儀仗。

9　**六軍**：指皇帝的禁衛軍。**蛾眉**：指楊貴妃。

10　**蕭索**：風聲。**雲棧**：高入雲端鑿石架木築成的棧道。**劍閣**：即劍門關，在大、小劍山之間。

11　**薄**：暗淡。

12　**天旋地轉**：指形勢好轉。**回龍馭**：指玄宗由蜀返京。

13　**太液、未央**：代指唐宮與池苑。

14　**梨園**：唐玄宗親自教習樂工的地方。**椒房**：后妃所住的宮殿。**阿監**：宮中女官。**青娥**：妙齡的少女。

15　**思悄然**：情思淒涼寂寞。

16　**耿耿**：明亮的樣子。

17　**鴛鴦瓦**：一俯一仰配合在一起構成雙對的瓦。

18　臨邛：今四川邛崍縣。**鴻都**：此指長安。

19　碧落：道家對天的稱呼。**黃泉**：指地下。

20　綽約：美好輕盈的樣子。

21　太真：即楊貴妃，她當女道士時號太真。**參差**：彷彿。

22　玉扃：指玉做的宮門。**小玉、雙成**：指太真的侍女。

23　九華帳：華美的帷帳。

24　珠箔：用珠子穿成的簾子。**迤邐**：接連不斷。

25　半偏：不整齊。

26　袂：袖。

27　闌干：眼淚縱橫的樣子。

28　凝睇：注視。

29　鈿合：鑲嵌珠寶的盒子。

30　擘：分開。

31　長生殿：驪山華清宮內祭神的宮殿。

32　比翼鳥：傳說中一種雌雄並飛的鳥。**連理枝**：兩樹枝幹連
　　生在一起，用以喻愛情。

琵琶行 並序

　　元和十年，余左遷九江郡司馬。[1] 明年秋，送客湓浦口，[2] 聞舟中夜彈琵琶者。聽其音，錚錚然有京都聲。問其人，本長安倡女，嘗學琵琶於穆、曹二善才。[3] 年長色衰，委身為賈人婦。[4] 遂命酒，使快彈數曲。曲罷憫然，自敘少小時歡樂事，今漂泊憔悴，轉徙於江湖間。[5] 余出官二年，恬然自安，[6] 感斯人言，是夕始覺有遷謫意。[7] 因為長句，歌以贈之。凡六百一十二言，命曰《琵琶行》。

尋陽江頭夜送客，楓葉荻花秋瑟瑟。[8]

主人下馬客在船，舉酒欲飲無管絃。

醉不成歡慘將別，別時茫茫江浸月。

忽聞水上琵琶聲，主人忘歸客不發。

尋聲暗問彈者誰，琵琶聲停欲語遲。[9]

移船相近邀相見，添酒回燈重開宴。

千呼萬喚始出來，猶抱琵琶半遮面。

轉軸撥絃三兩聲，未成曲調先有情。[10]

絃絃掩抑聲聲思，似訴平生不得志。[11]

低眉信手續續彈，說盡心中無限事。

輕攏慢撚抹復挑，初為霓裳後六么。[12]

大絃嘈嘈如急雨，小絃切切如私語。[13]

嘈嘈切切錯雜彈，大珠小珠落玉盤。

間關鶯語花底滑，幽咽泉流水下灘。[14]

水泉冷澀絃凝絕，凝絕不通聲暫歇。

別有幽愁暗恨生，此時無聲勝有聲。

銀瓶乍破水漿迸，鐵騎突出刀槍鳴。

曲終收撥當心畫，四絃一聲如裂帛。[15]

東船西舫悄無言，惟見江心秋月白。

沉吟放撥插絃中，整頓衣裳起斂容。[16]

自言本是京城女，家在蝦蟆陵下住。[17]

十三學得琵琶成，名屬教坊第一部。

曲罷曾教善才服，妝成每被秋娘妒。[18]

五陵少年爭纏頭，一曲紅綃不知數。[19]

鈿頭銀篦擊節碎，血色羅裙翻酒污。[20]

今年歡笑復明年，秋月春風等閒度。

弟走從軍阿姨死，暮去朝來顏色故。[21]

門前冷落車馬稀，老大嫁作商人婦。

商人重利輕別離，前月浮梁買茶去。[22]

去來江口守空船，繞船明月江水寒。

夜深忽夢少年事，夢啼妝淚紅闌干。

我聞琵琶已嘆息，又聞此語重唧唧。[23]

同是天涯淪落人，相逢何必曾相識。

我從去年辭帝京，謫居臥病潯陽城。

潯陽地僻無音樂，終歲不聞絲竹聲。[24]

住近湓江地低濕，黃蘆苦竹繞宅生。[25]

其間旦暮聞何物？杜鵑啼血猿哀鳴。[26]

春江花朝秋月夜，往往取酒還獨傾。[27]

豈無山歌與村笛？嘔啞嘲哳難為聽。[28]

今夜聞君琵琶語，如聽仙樂耳暫明。

莫辭更坐彈一曲，為君翻作琵琶行。[29]

感我此言良久立，卻坐促絃絃轉急。[30]

淒淒不似向前聲，滿座重聞皆掩泣。

座中泣下誰最多？江州司馬青衫濕。[31]

注釋

1　**左遷**：貶官，古人以左為卑。

2　**湓浦口**：湓水入江處，在今江西九江。

3　**善才**：唐代對琵琶藝人和樂師的通稱。

4　**賈人**：商人。

5　**轉徙**：流浪。

6　**恬然自安**：平靜舒適，隨遇而安。

7　**謫**：降職外調。

8 **潯陽江**：長江流經九江北面一段。

9 **暗問**：悄悄地探問。

10 **軸**：琵琶上收緊絃線的把手。

11 **掩抑**：形容低沉鬱悶。

12 **攏**：撫絃。**捻**：揉絃。**抹**：順手下撥。**挑**：反手回撥。**霓裳**、**六幺**：曲名。

13 **切切**：形容樂聲細促急切。

14 **間關**：鳥鳴聲。

15 **撥**：撥絃的工具。**當心畫**：用撥在琵琶中心劃過四絃。**裂帛**：撕裂絲織品。

16 **沉吟**：欲語遲疑的樣子。

17 **蝦蟆陵**：在長安東南，附近是歌女的聚居地。

18 **秋娘**：唐代歌妓的通稱。

19 **纏頭**：贈送歌妓的貴重絲織品。**綃**：生絲織的綢子。

20 **鈿頭銀篦**：鑲嵌花鈿飾物的髮篦。

21 **顏色故**：姿色衰老。

22 **浮梁**：今江西景德鎮，當時為茶葉集散地。

23 **唧唧**：嘆息聲。

24 **絲**：指絃樂器。**竹**：指管樂器。

25 **苦竹**：竹的一種。

26 **杜鵑**：子規鳥，其聲淒厲，易動人哀思。

27 **獨傾**：獨自酌酒。

28 **嘔啞嘲哳**：形容雜亂細碎的聲音。

29 **翻作**：按曲調寫成歌詞。

30 **促絃**：把絃擰緊。

31 **江州司馬**：詩人自指。**青衫**：唐時最低官職的服色。

李商隱

約 813 - 858

　　李商隱（約 813－858），字義山，號玉谿
生、樊南生，原籍懷州河內（今河南沁陽），
祖遷居滎陽（今屬河南）。少習駢文，遊於幕
府，又學道於濟源玉陽山。開成年間進士及
第，曾任秘書省校書郎，調弘農尉。宣宗朝先
後入桂州、徐州、梓州幕府。復任鹽鐵推官。
一生在牛李黨爭的夾縫中求生存，備受排擠，
潦倒終身。晚年閒居滎陽，病逝。其詩多抨
擊時政，不滿藩鎮割據、宦官擅權。以律絕見
長，意境深邃，富於文采，獨具特色。為晚唐
傑出詩人。

韓碑 [1]

元和天子神武姿，彼何人哉軒與羲。[2]

誓將上雪列聖恥，坐法宮中朝四夷。[3]

淮西有賊五十載，封狼生貙貙生羆。[4]

不據山河據平地，長戈利矛日可麾。[5]

帝得聖相相曰度，賊斫不死神扶持。

腰懸相印作都統，陰風慘淡天王旗。

愬武古通作牙爪，儀曹外郎載筆隨。[6]

行軍司馬智且勇，十四萬眾猶虎貔。[7]

入蔡縛賊獻太廟，功無與讓恩不訾。[8]

帝曰汝度功第一，汝從事愈宜為辭。[9]

愈拜稽首蹈且舞，金石刻畫臣能為。[10]

古者世稱大手筆，此事不繫於職司。

當仁自古有不讓，言訖屢頷天子頤。

公退齋戒坐小閣，濡染大筆何淋漓。[11]

點竄堯典舜典字，塗改清廟生民詩。

文成破體書在紙，清晨再拜鋪丹墀。[12]

表曰臣愈昧死上，詠神聖功書之碑。

碑高三丈字如斗，負以靈鰲蟠以螭。[13]

句奇語重喻者少，讒之天子言其私。

長繩百尺拽碑倒，粗沙大石相磨治。

公之斯文若元氣，先時已入人肝脾。[14]

湯盤孔鼎有述作，今無其器存其辭。[15]

嗚呼聖王及聖相，相與烜赫流淳熙。[16]

公之斯文不示後，曷與三五相攀追！[17]

願書萬本誦萬遍，口角流沫右手胝。[18]

傳之七十有二代，以為封禪玉檢明堂基。[19]

注釋

1   **韓碑**：指韓愈所撰《平淮石碑》。碑文記載唐憲宗元和十二
    年（817）宰相裴度率軍討平淮西藩鎮吳元濟叛軍事。

2   **元和天子**：指唐憲宗李純。**軒**：軒轅氏，即黃帝。**羲**：伏
    羲氏，傳說中的上古聖王。

3   **列聖**：指憲宗之前諸帝。**法宮**：皇宮內皇帝主治政事的正
    殿。

4   **封狼**：大狼。**貙**（chū 出）：獸名。

5   **日可麾**：謂揮日倒行，氣焰囂張。麾，同"揮"。

6   **愬**：指李愬，唐鄧隨節度使。**武**：韓公武，淮西都統韓弘
    之子。**古**：李道古，鄂岳觀察使。**通**：李文通，壽州團練
    使。**儀曹外郎**：指隨裴度出征的李宗閔，任掌書記。

7   **行軍司馬**：指韓愈，當時韓愈以御史中丞隨軍出征，充行
    軍司馬。**貔**：貔貅，傳說中的猛獸。

124

8　　蔡：蔡州。賊：指吳元濟。不訾：不可計量。

9　　從事：官名，刺史的佐吏。

10　稽首：叩頭。

11　公：指韓愈。齋戒：祭祀前虔敬的儀式，喻寫碑態度恭敬。

12　破體：行書的變體。丹墀：宮內塗紅漆的台階。

13　負以靈鰲：用鰲形基石負載韓碑。蟠以螭：以螭（無角龍）形花紋盤繞碑側。

14　斯文：此文，指韓愈所作碑文。

15　湯盤：傳為商湯沐浴之盆。孔鼎：指孔子先世正考父之鼎，鼎上有銘文。

16　淳熙：淳正，光明。

17　曷：怎能。三五：指上古三皇五帝。

18　胝：手腳上的繭。

19　封禪：古代帝王宣揚功業的隆重祭典。玉檢：盛封禪書的玉盒蓋。明堂基：大殿的基礎。

樂府

高 適
700? — 765

　　高適（700?—765），字達夫，渤海蓨（今
河北景縣）人。少孤貧，潦倒失意，長期客居
梁宋，以耕釣為業。又北遊燕趙，南下寓於淇
上。後中有道科，授封丘尉。後棄官入隴右節
度使哥舒翰幕府掌書記。安史之亂，升侍御
史，拜諫議大夫。肅宗朝歷官御史大夫、揚
州長史、淮南節度使，又任彭州、蜀州刺史，
轉成都尹、劍南西川節度使。後為散騎常侍，
封渤海縣侯，病逝。其詩以寫軍旅生活最具特
色，粗獷豪放，遒勁有力，是邊塞詩派的代表
之一，與岑參齊名，世稱"高岑"。

燕歌行 [1] 並序

開元二十六年，[2] 客有從元戎出塞而還者，[3] 作《燕歌行》以示適。感征戍之事，因而和焉。[4]

漢家煙塵在東北，漢將辭家破殘賊。[5]

男兒本是重橫行，天子非常賜顏色。[6]

摐金伐鼓下榆關，旌旗逶迤碣石間。[7]

校尉羽書飛瀚海，單于獵火照狼山。[8]

山川蕭條極邊土，胡騎憑陵雜風雨。[9]

戰士軍前半死生，美人帳下猶歌舞。

大漠窮秋塞草衰，孤城落日鬥兵稀。[10]

身當恩遇常輕敵，力盡關山未解圍。

鐵衣遠戍辛勤久，玉箸應啼別離後。[11]

少婦城南欲斷腸，征人薊北空回首。[12]

邊風飄颻那可度，絕域蒼茫更何有！[13]

殺氣三時作陣雲，寒聲一夜傳刁斗。[14]

相看白刃血紛紛，死節從來豈顧勳？

君不見沙場爭戰苦，至今猶憶李將軍！[15]

注釋

1 **燕歌行**：樂府舊題，多用來描寫北方邊地征戍之事和征人思婦的離情別緒。

2 **開元二十六年**：即 738 年。

3 **元戎**：主帥。

4 **和**：以詩酬答。

5 **漢家**：借指唐朝。**煙塵**：邊塞的烽煙和戰塵，此指戰爭警報。

6 **賜顏色**：給面子。

7 **摐**：擊，打。**金**：似鈴，行軍時用來節止步伐。**榆關**：山海關，在今河北秦皇島。**逶迤**：形容軍隊在山上曲折行進。**碣石**：山名，在今河北昌黎之東。

8 **校尉**：低於將軍的武官，指邊塞部隊長官。**羽書**：緊急軍情文書。**瀚海**：指大沙漠。**單于**：古代匈奴首領的稱號。**狼山**：即狼居胥山，在今內蒙境內。

9 **極邊土**：邊境的盡頭。**憑陵**：來勢兇猛。

10 **窮秋**：秋末，深秋。

11 **鐵衣**：鐵甲，指遠戍的士兵。**玉箸**：喻婦女的眼淚。

12 **薊北**：今天津薊縣，這裡泛指東北邊地。

13 **絕域**：極遠的邊地。**更何有**：什麼也沒有，極言其荒涼。

14 **三時**：指早、午、晚。**刁斗**：古代軍中煮飯和打更用的銅鍋。

15 **李將軍**：指漢代名將李廣。據《史記》載，李廣愛護士兵，作戰勇敢，屢立戰功。

李　頎

古從軍行

白日登山望烽火，黃昏飲馬傍交河。[1]
行人刁斗風沙暗，公主琵琶幽怨多。[2]
野營萬里無城郭，雨雪紛紛連大漠。
胡雁哀鳴夜夜飛，胡兒眼淚雙雙落。
聞道玉門猶被遮，應將性命逐輕車。[3]
年年戰骨埋荒外，空見蒲萄入漢家。[4]

注釋

1　交河：在今新疆吐魯番西北。

2　刁斗：古代軍中煮飯和打更用的銅鍋。**公主琵琶**：據載，漢武帝時，烏孫國王向漢朝求婚，武帝把江都王的女兒封為公主，嫁給烏孫王。出嫁途中，公主令人在馬上彈奏琵琶，以抒思鄉之情。

3　**遮**：阻攔。**逐**：追隨。**輕車**：戰軍，此指軍隊主將。

4　**蒲萄**：即葡萄，漢代自西域傳入中原。

王　維

洛陽女兒行[1]

洛陽女兒對門居，才可容顏十五餘。[2]
良人玉勒乘驄馬，侍女金盤膾鯉魚。[3]
畫閣朱樓盡相望，紅桃綠柳垂簷向。
羅帷送上七香車，寶扇迎歸九華帳。[4]
狂夫富貴在青春，意氣驕奢劇季倫。[5]
自憐碧玉親教舞，不惜珊瑚持與人。[6]
春窗曙滅九微火，九微片片飛花璅。[7]
戲罷曾無理曲時，妝成只是薰香坐。
城中相識盡繁華，日夜經過趙李家。[8]
誰憐越女顏如玉，貧賤江頭自浣紗。[9]

注釋

1　洛陽女兒行：樂府古題。

2　才可：恰好，剛夠。

3 　**良人**：古代妻子對丈夫的尊稱。**驄馬**：毛色黑白相間的良
　　馬。**膾鯉魚**：細切的鯉魚片。

4 　**羅帷**：絲織的帳幕。**七香車**：華貴的車子。**九華帳**：繡有
　　華麗圖案的彩帳。

5 　**狂夫**：猶言拙夫，古代婦女自稱丈夫的謙詞。**劇**：勝於。
　　季倫：晉石崇字季倫，家甚富豪。

6 　**碧玉**：指洛陽女兒。

7 　**九微**：燈名。**花瑣**：指雕花的窗格。

8 　**趙李家**：漢代國戚，此泛指達官貴人之家。

9 　**越女**：原指春秋時越國美女西施，此處泛指貧賤的浣紗女。

老將行

少年十五二十時，步行奪得胡馬騎。

射殺山中白額虎，肯數鄴下黃鬚兒？[1]

一身轉戰三千里，一劍曾當百萬師。

漢兵奮迅如霹靂，虜騎奔騰畏蒺藜。[2]

衛青不敗由天幸，李廣無功緣數奇。[3]

自從棄置便衰朽，世事蹉跎成白首。[4]

昔時飛箭無全目，今日垂楊生左肘。[5]

路旁時賣故侯瓜，門前學種先生柳。[6]

蒼茫古木連窮巷，寥落寒山對虛牖。[7]

誓令疏勒出飛泉，不似潁川空使酒。[8]

賀蘭山下陣如雲，羽檄交馳日夕聞。[9]

節使三河募年少，詔書五道出將軍。[10]

試拂鐵衣如雪色，聊持寶劍動星文。[11]

願得燕弓射大將，恥令越甲鳴吾君。[12]

莫嫌舊日雲中守，猶堪一戰立功勳。[13]

注釋

1 　**肯數**：豈肯只推許。**鄴下**：曹操為魏王時都鄴，故城在河北臨漳北。**黃鬚兒**：曹彰，曹操之子，鬚黃色，性剛猛。

2 　**虜騎**：對敵人騎兵的蔑稱。**蒺藜**：行軍障礙物，用木或金屬製成。

3 　**衛青**：漢名將，以征伐匈奴有功，官至大將軍。**由天幸**：衛青曾先後六次出擊匈奴，從未失敗，如有天助。**李廣**：漢名將，與匈奴大小七十餘戰，匈奴畏而呼之為"飛將軍"。**數奇**：命運不好。李廣與匈奴作戰功勳卓著，卻終未封侯，最後還因失道後至被處分而自殺。

4 　**蹉跎**：喻失足或失時。

5 　**垂楊生左肘**：謂久不見用，武功都生疏了，典出《莊子·至樂》。

6 　**故侯瓜**：漢邵平秦時為東陵侯，秦亡淪為布衣，種瓜於長安東，瓜美，世稱"東陵瓜"。**先生柳**：晉代詩人陶淵明作《五柳先生傳》，表達自己超世的情懷。

7 　**窮巷**：深僻的里巷。**虛牖**：空寂的窗。

8 　**疏勒出飛泉**：漢耿恭戍守疏勒（今屬新疆），匈奴阻絕澗水；耿恭於城中穿井十五丈而水不可得；恭仰天長嘆；向井拜禱，泉水湧出。**潁川空使酒**：漢灌夫，潁川人，為人剛直，因借酒使性，於武安侯座上罵臨川侯，罪至族。

9 　**賀蘭山**：在今寧夏西北與內蒙古交界處。**羽檄**：上插羽毛的軍中文書，插羽表示緊急。

10 　**三河**：指今河南洛陽黃河南北一帶。**五道出將軍**：將軍分五路出兵。

11　**鐵衣**：用鐵片連綴成的護身鎧甲。**星文**：指古寶劍上的七星圖文。

12　**燕弓**：燕地產的弓，以堅勁著稱。**赧甲鳴吾君**：謂以君主煩憂或受驚擾為恥，典出《說苑‧立節》。

13　**雲中守**：漢魏尚曾為雲中（今蒙古托克托）守，匈奴懼之，因小有錯失，即被革職不用。後由馮唐力薦，才從新獲得任用。

桃源行

漁舟逐水愛山春，兩岸桃花夾古津。[1]
坐看紅樹不知遠，行盡青溪忽值人。
山口潛行始隈隩，山開曠望旋平陸。[2]
遙看一處攢雲樹，近入千家散花竹。[3]
樵客初傳漢姓名，居人未改秦衣服。
居人共住武陵源，還從物外起田園。[4]
月明松下房櫳靜，日出雲中雞犬喧。[5]
驚聞俗客爭來集，競引還家問都邑。[6]
平明閭巷掃花開，薄暮漁樵乘水入。[7]
初因避地去人間，更問神仙遂不還。
峽裡誰知有人事，世中遙望空雲山。
不疑靈境難聞見，塵心未盡思鄉縣。[8]
出洞無論隔山水，辭家終擬長遊衍。[9]
自謂經過舊不迷，安知峰壑今來變！
當時只記入山深，青溪幾度到雲林。
春來遍是桃花水，不辨仙源何處尋！[10]

注釋

1 **逐水**：言沿水而行。**古津**：古渡口。

2 **隈隩**：曲折幽深的山坳溪岸。**曠望**：視野開闊。**旋**：隨即。

3 **攢雲樹**：樹木叢集，掩映在雲中。

4 **武陵源**：即桃花源，陶淵明《桃花源記》所擬設的理想世界；武陵郡治（今湖南桃源）有桃源，傳即為《桃花源記》所寫之處。**物外**：世外。

5 **房櫳**：窗櫺，這裡泛指房屋。

6 **俗客**：指武陵漁人。**都邑**：國都城邑，代指朝政世事。

7 **平明**：猶黎明。**閭巷**：里巷，鄉里。**掃花**：打掃花徑，以示對來客的歡迎。**開**：開門。

8 **靈境**：猶仙境，這裡指桃花源。

9 **遊衍**：從容恣意地遊逛。

10 **桃花水**：謂桃花開時化冰下雨交匯的春水。

李　白

蜀道難

　　噫吁戲，危乎高哉！蜀道之難難於上青天。[1]
蠶叢、魚鳧，開國何茫然？[2]爾來四萬八千歲，[3]不
與秦塞通人煙。西當太白有鳥道，可以橫絕峨嵋
巔。[4]地崩山摧壯士死，然後天梯石棧方鈎連。[5]上
有六龍回日之高標，下有沖波逆折之回川。[6]黃
鶴之飛尚不得過，猿猱欲度愁攀援。[7]青泥何盤
盤，百步九折縈岩巒。[8]捫參歷井仰脅息，以手
撫膺坐長嘆。[9]問君西遊何時還，畏途巉岩不可
攀。[10]但見悲鳥號古木，雄飛雌從繞林間。又聞
子規啼，[11]夜月愁空山。蜀道之難難於上青天，
使人聽此凋朱顏。[12]連峰去天不盈尺，枯松倒掛
倚絕壁。飛湍瀑流爭喧豗，砯崖轉石萬壑雷。[13]
其險也若此，嗟爾遠道之人胡為乎來哉？劍閣
崢嶸而崔嵬，[14]一夫當關，萬夫莫開。所守或匪
親，化為狼與豺。朝避猛虎，夕避長蛇。磨牙吮
血，殺人如麻。錦城雖云樂，[15]不如早還家。蜀

道之難難於上青天，側身西望長咨嗟！[16]

注釋

1　噫吁嚱：蜀人的驚嘆聲。**蜀道**：指由秦入蜀的道路。

2　**蠶叢、魚鳧**：皆傳說中的蜀王名。**茫然**：杳渺難尋。

3　**爾來**：自那時起，指蜀開國以來。

4　**太白**：秦嶺主峰，在今陝西太白。**鳥道**：言山道險峻，只
　　有飛鳥才能穿越。**橫絕**：橫度，橫越。

5　**"地崩"句**：據《華陽國志》，蜀有五丁壯士，一日山崩同
　　被壓殺。**石棧**：棧道，在山崖鑿石架木建成的通道。

6　**六龍**：神話傳說，日神所乘車駕以六龍。**回日**：使日神回
　　車。**高標**：高聳的山峰。**回川**：曲折迴旋的河流。

7　**猿猱**：泛指猿類。

8　**青泥**：指青泥嶺，在陝西略陽西北。**盤盤**：山路盤旋迂曲
　　的樣子。**縈岩巒**：在山岩峰巒間縈繞。

9　**捫參歷井**：參、井皆星宿名，此形容山勢高險，人在山上
　　可以撫摸星辰。**脅息**：斂氣屏息。**撫膺**：撫胸。

10　**西遊**：蜀在秦的西南，因稱入蜀為西遊。**巉岩**：險峻的
　　山岩。

11　**子規**：即杜鵑鳥，傳為蜀帝杜宇魂魄所化。

12　**此**：代指杜鵑鳥的悲鳴。**凋朱顏**：使青春的容顏衰老。

13　**喧豗（huī 灰）**：形容轟響的水聲。**砯（pēng 烹）**：水擊岩
　　石的聲音。

14　**崢嶸而崔嵬**：形容高峻奇險。

15　**錦城**：錦官城，今四川成都。

16　**咨嗟**：嘆息。

長相思（二首）

其一

長相思，在長安。絡緯秋啼金井闌，微霜淒淒簟色寒。[1] 孤燈不明思欲絕，捲帷望月空長嘆。[2] 美人如花隔雲端，上有青冥之高天，下有淥水之波瀾。[3] 天長路遠魂飛苦，夢魂不到關山難。長相思，摧心肝。[4]

注釋

1. **絡緯**：又名莎雞，俗稱紡織娘。**金井闌**：精美的水井圍欄。**簟色寒**：謂竹蓆透著涼意。
2. **帷**：指窗簾，門簾。
3. **青冥**：形容天的高遠，或代指天。**淥水**：清澈的水。
4. **摧**：傷。

其二

　　日色欲盡花含煙，月明如素愁不眠。[1]趙瑟
初停鳳凰柱，蜀琴欲奏鴛鴦絃。[2]此曲有意無人
傳，願隨春風寄燕然。憶君迢迢隔青天。昔時橫
波目，今作流淚泉。不信妾腸斷，歸來看取明
鏡前。

注釋

1　花含煙：言暮色中花蒙水氣，如在煙霧中。

2　趙瑟：相傳趙女善鼓瑟，沈約有《趙瑟曲》。鳳凰柱：吳均
　　詩："趙瑟鳳凰柱。"柱以附絃。蜀琴：蜀人善琴，以司馬
　　相如為著。

行路難

金樽清酒斗十千，玉盤珍饈值萬錢。[1]停杯投箸不能食，拔劍四顧心茫然。欲渡黃河冰塞川，將登太行雪滿山。閒來垂釣碧溪上，忽復乘舟夢日邊。行路難，行路難。多歧路，今安在？長風破浪會有時，[2]直掛雲帆濟滄海。

注釋

1　**金樽**：華美的酒器。斗十千：一斗酒價值萬錢，極言酒的昂貴。

2　**長風破浪**：據《宋書·宗慤傳》，宗慤少，其叔父問其志，宗慤答曰："願乘長風破萬里浪。"

將進酒

君不見黃河之水天上來，奔流到海不復回。

君不見高堂明鏡悲白髮，朝如青絲暮成雪。

人生得意須盡歡，莫使金樽空對月。

天生我材必有用，千金散盡還復來。

烹羊宰牛且為樂，會須一飲三百杯。[1]

岑夫子，丹丘生，將進酒，君莫停。[2]

與君歌一曲，請君為我傾耳聽。

鐘鼓饌玉不足貴，但願長醉不用醒。[3]

古來聖賢皆寂寞，惟有飲者留其名。

陳王昔時宴平樂，斗酒十千恣歡謔。[4]

主人何為言少錢，徑須沽取對君酌。[5]

五花馬，千金裘，

呼兒將出換美酒，與爾同銷萬古愁。[6]

注釋

1 　會須：應當。

2 　岑夫子：詩人的一位隱居朋友，一說名勛。丹丘生：元丹丘，隱居不仕，與詩人交好。

3　**鐘鼓**：泛指音樂。**饌玉**：泛指美食。

4　**陳王**：曹植，曹操之子，曾被封為陳王。**平樂**：觀名，故
　　址在今河南洛陽城西。

5　**徑須**：直須，猶只管。**沽取**：指買酒，取字語詞，無義。

6　**將出**：拿出。

杜　甫

兵車行

　　車轔轔，馬蕭蕭，行人弓箭各在腰，[1] 爺娘妻子走相送，塵埃不見咸陽橋。[2] 牽衣頓足攔道哭，哭聲直上干雲霄。[3] 道旁過者問行人，行人但云點行頻。[4] 或從十五北防河，便至四十西營田。[5] 去時里正與裹頭，[6] 歸來頭白還戍邊。邊庭流血成海水，武皇開邊意未已。[7] 君不聞漢家山東二百州，千村萬落生荊杞。[8] 縱有健婦把鋤犁，禾生隴畝無東西。況復秦兵耐苦戰，[9] 被驅不異犬與雞。長者雖有問，[10] 役夫敢申恨？且如今年冬，[11] 未休關西卒。縣官急索租，租稅從何出？信知生男惡，反是生女好。生女猶得嫁比鄰，生男埋沒隨百草。君不見青海頭，古來白骨無人收。新鬼煩冤舊鬼哭，天陰雨濕聲啾啾。[12]

注釋

1   **轔轔**：車行的聲音。**蕭蕭**：馬鳴的聲音。**行人**：此指發徵南詔的士兵。

2   **咸陽橋**：故址在今咸陽南。

3   **干**：猶衝。

4   **點行**：按名冊強徵服役。

5   **四十**：與上"十五"皆指年齡。**營田**：即屯田，利用士兵耕種，以供軍餉。

6   **里正**：里長，古時鄉官。**與裹頭**：言其以巾束髮，言征人年少。

7   **武皇**：漢武帝劉徹，此借指唐玄宗。

8   **山東**：指華山以東地區。**二百州**：猶言眾多州縣，二百是約數。**荊杞**：野生灌木，言田園荒蕪。

9   **秦兵**：與下"關西卒"皆指關中徵發的士卒。

10 **長者**：征夫對詩人的尊稱。

11 **且如**：就像。

12 **啾啾**：象聲詞，狀淒切尖細的鬼哭聲。

麗人行

三月三日天氣新，長安水邊多麗人。[1]

態濃意遠淑且貞，肌理細膩骨肉勻。[2]

繡羅衣裳照暮春，蹙金孔雀銀麒麟。[3]

　頭上何所有？翠為匐葉垂鬢脣。[4]

　背後何所見？珠壓腰衱穩稱身。[5]

就中雲幕椒房親，賜名大國虢與秦。[6]

紫駝之峰出翠釜，水精之盤行素鱗。[7]

犀箸厭飫久未下，鸞刀縷切空紛綸。[8]

黃門飛鞚不動塵，御廚絡繹送八珍。[9]

簫鼓哀吟感鬼神，賓從雜遝實要津。[10]

後來鞍馬何逡巡，當軒下馬入錦茵。[11]

楊花雪落覆白蘋，青鳥飛去啣紅巾。[12]

炙手可熱勢絕倫，慎莫近前丞相嗔。

注釋

1　三月三：上巳節，古俗以是日潔於水以祓除不祥。**水邊**：
　　指長安東南曲江邊。**麗人**：這裡指出遊的貴婦人。

2　**態濃意遠**：姿色穠艷，神情高雅。**骨肉勻**：身材勻稱，胖瘦適中。

3　**蹙**：刺繡的一種，繡時拈緊線使緊密勻貼。

4　**翠為**：用翡翠做成，一作"翠微"。**匐（è 厄）葉**：古代婦女髮髻上的花飾。**鬢脣**：鬢角邊。

5　**腰衱**：裙帶。

6　**就中**：其中。**雲幕**：輕柔如雲的帳幕。**椒房**：以花椒子和泥塗壁的房屋，后妃所居。**虢與秦**：楊貴妃兩個姊姊的封號。

7　**紫駝**：單峰駱駝，出西域。**翠釜**：華美的鼎鍋。**水精**：水晶。**行**：排列著。**素鱗**：潔白的魚片。

8　**犀箸**：用犀牛角製成的筷子。**厭飫**：吃飽，吃膩。**鸞刀**：環上飾有小鈴的刀，割肉時用。**縷切**：細切。**空紛綸**：白白忙碌一場。

9　**黃門**：指宦官，太監。**飛鞚**：策馬飛奔。**八珍**：泛指精美的飲食。

10　**哀吟**：謂曲調纏綿婉轉。**賓從**：賓客和隨從。**雜遝**：紛亂眾多的樣子。

11　**後來鞍馬**：最後騎馬來的人，指楊國忠。**逡巡**：急速的樣子。**錦茵**：錦繡地毯。

12　**楊花雪落**：此暗示楊國忠與虢國夫人堂兄妹淫亂事，暗用楊華魏太后事，見《梁書》。**青鳥**：傳説中的神鳥，後用作信使的代稱。**紅巾**：紅色巾帕，婦人所用，此亦隱示楊國忠與虢國夫人事。

哀江頭

少陵野老吞聲哭，春日潛行曲江曲。[1]
江頭宮殿鎖千門，細柳新蒲為誰綠？
憶昔霓旌下南苑，苑中萬物生顏色。[2]
昭陽殿裡第一人，同輦隨君侍君側。[3]
輦前才人帶弓箭，白馬嚼嚙黃金勒。[4]
翻身向天仰射雲，一笑正墜雙飛翼。
明眸皓齒今何在？血污遊魂歸不得。
清渭東流劍閣深，去住彼此無消息。
人生有情淚霑臆，江草江花豈終極？[5]
黃昏胡騎塵滿城，欲往城南望城北。[6]

注釋

1 **少陵野老**：詩人自稱。**曲江**：苑名，即曲江池，在今陝西
   西安東南。

2 **霓旌**：帝王儀仗中的五色羽毛旗。**南苑**：即芙蓉苑，故址
   在今陝西西安東南。

3 **昭陽殿**：漢宮殿名，趙飛燕所居。

4 **才人**：宮中女官名。

5 **臆**：胸。

6 **胡騎**：胡人騎兵，指安祿山的軍隊。

哀王孫

長安城頭頭白鳥，夜飛延秋門上呼。[1]
又向人家啄大屋，屋底達官走避胡。[2]
金鞭折斷九馬死，骨肉不得同馳驅。[3]
腰下寶玦青珊瑚，可憐王孫泣路隅。[4]
問之不肯道姓名，但道困苦乞為奴。[5]
已經百日竄荊棘，身上無有完肌膚。
高帝子孫盡隆準，龍種自與常人殊。[6]
豺狼在邑龍在野，王孫善保千金軀。[7]
不敢長語臨交衢，且為王孫立斯須。[8]
昨夜東風吹血腥，東來橐駝滿舊都。[9]
朔方健兒好身手，昔何勇銳今何愚！
竊聞天子已傳位，聖德北服南單于。
花門剺面請雪恥，慎勿出口他人狙。[10]
哀哉王孫慎勿疏，五陵佳氣無時無。

注釋

1　延秋門：唐宮西城的南門。

2　胡：指安祿山的軍隊。

3　九馬：漢文帝有九匹良馬，後遂用以泛指良馬。**骨肉**：喻指至親的親人。

4　　**玦**：環形而有缺口的玉佩。

5　　**但道**：只說。

6　　**隆準**：高鼻樑。傳漢高祖劉邦"隆準"，有真龍天子像。

7　　**豺狼在邑**：指安祿山叛軍盤踞長安。

8　　**交衢**：城外交通要道。**斯須**：須臾，一會兒。

9　　**橐駝**：駱駝。**舊都**：指長安。

10　　**花門**：山名，為回紇佔領，因以為回紇的代稱。**劓面**：以
　　　　刀劃面，回紇人習慣以此表示誠心。**狙**：伺察，窺伺。

卷三　五言律詩

唐玄宗

685 － 762

　　唐玄宗（685－762），睿宗李旦之子，名隆基。始封楚王，後為臨淄郡王，遷衛尉少卿、潞州別駕。入朝平韋后之亂，擁立睿宗，為皇太子。繼皇帝位。初任賢授能、革除弊政，發展經濟，使唐朝進入全盛時期，號稱"開元之治"。晚年任用權奸，沉溺聲色，致有安史之亂，播遷入蜀，為肅宗所代，被尊太上皇。雖為國君，卻多才多藝，善音樂，亦喜愛詩歌，所作詩多五言古體，富於文采。

經魯祭孔子而嘆之

夫子何為者？棲棲一代中。[1]
地猶鄹氏邑，宅即魯王宮。[2]
嘆鳳嗟身否，傷麟怨道窮。[3]
今看兩楹奠，當與夢時同。[4]

注釋

[1] **棲棲**：奔走勞碌，指孔子以儒術游說諸侯。

[2] **鄹**：魯邑，在今山東曲阜，孔子父定居於此。**魯王宮**：傳漢魯共王劉餘曾壞孔子舊宅，以廣其宮。

[3] **嘆鳳**：謂孔子感嘆生不逢時，典出《論語‧子罕》。否（pǐ 痞）：不通達，命運不好。**傷麟**：與"嘆鳳"意同，典出《孔叢子》。

[4] **兩楹**：指殿堂中間，孔子曾夢坐奠於兩楹之間，見《禮記‧檀弓》。

張九齡

望月懷遠

海上生明月，天涯共此時。

情人怨遙夜，竟夕起相思。[1]

滅燭憐光滿，披衣覺露滋。

不堪盈手贈，還寢夢佳期。[2]

注釋

1　竟夕：整夜。

2　盈手：滿握。

王　勃
650－676

　　王勃（650－676），字子安，絳州龍門
（今山西河津）人。少有"神童"之稱，博學多
才。十五歲舉幽素科，授朝散郎。後為沛王府
侍讀，因戲作鬥英王雞檄文，觸怒高宗，斥逐
出府。遂南遊巴蜀，漂泊西南。返長安後，補
虢州參軍，因事免官，其父亦受累貶交趾令。
赴交趾省親，渡海墮水，受驚而死。善為文，
與楊炯、盧照鄰、駱賓王齊名，時稱"初唐四
傑"。後人評其詩，亦列"初唐四傑"之首。
所作詩清新流暢，質樸自然，是新舊詩風過渡
的標誌。

杜少府之任蜀州

城闕輔三秦，風煙望五津。[1]
與君離別意，同是宦遊人。[2]
海內存知己，天涯若比鄰。
無為在歧路，兒女共霑巾。[3]

注釋

1　**城闕**：指長安的城郭宮闕。**輔**：衛護，屏藩。**三秦**：泛指
　　當時長安附近京畿之地。**五津**：岷江的五大津渡，此借以
　　指蜀地。

2　**宦遊人**：為仕宦而離家外出的人。

3　**歧路**：岔路，指分手處。

駱賓王
約 640 - 684 後

　　駱賓王（約 640-684 後），婺州義烏（今屬浙江）人。七歲能詩，號稱"神童"。早年喪父，家境窮困。龍朔初，道王李元慶辟為府屬。後拜奉禮郎，曾從軍西域，又入蜀從征雲南。返京後，任武功主簿，轉明堂主簿，遷侍御史。被誣入獄，遇赦後出為臨海丞。為徐敬業草討武曌檄文，討武兵敗，逃亡不知所終。其為五律，精工整煉，不在沈、宋之下，尤擅七言長歌，排比鋪陳，圓熟流轉，或被譽為"絕唱"。

在獄詠蟬並序

余禁所禁垣西，是法廳事也，[1] 有槐數株焉。
雖生意可知，同殷仲文之古樹；[2] 而聽訟斯在，即
周召伯之甘棠，[3] 每至夕照低陰，秋蟬疏引，發聲
幽息，有切嘗聞。[4] 豈人心異於曩時，[5] 將蟲響悲
於前聽？嗟乎！聲以動容，德以象賢。故潔其身
也，稟君子達人之高行。蛻其皮也，有仙都羽化之
靈姿。候時而來，順陰陽之數；[6] 應節為變，寄藏
用之機。[7] 有目斯開，不以道昏而昧其視；有翼自
薄，不以俗厚而易其真。吟喬樹之微風，[8] 韻姿天
縱；飲高秋之墜露，清畏人知。僕失路艱虞，遭時
徽纏。[9] 不哀傷而自怨，未搖落而先衰。聞蟪蛄之
流聲，悟平反之已奏；見螳螂之抱影，怯危機之未
安。感而綴詩，貽諸知己。庶情沿物應，哀弱羽之
飄零；道寄人知，憫余聲之寂寞。非謂文墨，取代
幽憂云爾。

西陸蟬聲唱，南冠客思深。[10]
不堪玄鬢影，來對白頭吟。[11]

露重飛難進，風多響易沉。

無人信高潔，誰為表予心？

注釋

1　**禁所**：被囚之處。**廳事**：指中庭，受案聽訟的地方。

2　**殷仲文**：東晉時人，嘗見大司馬桓溫府中老槐樹而感嘆："此樹婆娑，無復生意"，借以抒發不得志的喟嘆。

3　**召伯**：名奭，傳他巡行聽訟，就在甘棠樹下辦案。見《詩經‧召南‧甘棠》。

4　**有切嘗聞**：謂聲音比曾經聽過的更覺淒切。

5　**曩時**：前時，從前。

6　**數**：規律。

7　**藏用之機**：古代士人有"用之則行，舍之則藏"的人生理想。語出《論語‧述而》。此以蟬的生存狀態的變化比擬士人的理想。

8　**喬樹**：高樹。

9　**僕**：第一人稱的謙稱。**艱虞**：艱難憂患。**徽纆**：綁囚犯的繩索，這裡指遭囚禁。

10　**西陸**：日行西方白道，代指秋。**南冠**：指楚囚，後作囚犯的代稱。

11　**玄鬢**：古代婦女有蟬鬢之式，因借喻蟬。**白頭**：詩人自稱。

杜審言
645? － 708?

杜審言（645?－708?），字必簡，祖籍襄陽（今屬湖北），遷居洛陽鞏縣（今屬河南）。咸亨初進士及第，授隰城尉，遷洛陽丞，因事貶吉州司戶參軍。武后時拜著作佐郎，遷膳部員外郎。中宗復辟，以其交通張易之，流放峰州。不久召還，為國子監主簿，後為修文館直學士，病逝。早年與李嶠、崔融、蘇味道一起被稱為"文章四友"，其詩格律嚴謹，清新雄健，以此傲視同輩詩人，所以嫡孫杜甫自誇"吾祖詩冠古"。

和晉陵陸丞早春遊望

獨有宦遊人，偏驚物候新。

雲霞出海曙，梅柳渡江春。[1]

淑氣催黃鳥，晴光轉綠蘋。[2]

忽聞歌古調，歸思欲霑巾。[3]

注釋

1 　海曙：海邊曙色。

2 　淑氣：春日和暖之氣。

3 　古調：謂陸丞的《早春遊望》典雅有古風。

沈佺期

656？－約714

沈佺期（656？－約714），字雲卿，相州內黃（今屬河南）人。青少年時代曾事漫遊，到過巴蜀荊湘。上元中進士及第，後任考功員外郎，預修《三教珠英》，任通事舍人，轉給事中。中宗復帝位，殺張易之，其幕僚被流放嶺南。經儋州，過交趾，達驩州流放地。遇赦量移台州錄事參軍。景龍中入修文館為學士，作文學侍從。其詩多屬應制，帶六朝綺靡文風，然前期模山範水之作，及流放中感時傷懷之章，尚有骨力。與宋之問齊名，世稱"沈宋"。唐代五七言律體至沈宋而定型。

雜詩

閒道黃龍戍，頻年不解兵。[1]

可憐閨裡月，長在漢家營。

少婦今春意，良人昨夜情。[2]

誰能將旗鼓，一為取龍城。[3]

注釋

1　**閒道**：聽說。**黃龍戍**：即黃龍，在今遼寧朝陽，此指邊
地。**解兵**：解除武裝，停止戰爭。

2　**良人**：古時妻子對丈夫的稱呼。

3　**一為**：猶"一舉"。**龍城**：匈奴祭天會盟處，在今蒙古境內。

宋之問
約 656 - 712

宋之問（約 656－712），又名少連，字延清，汾州（今山西汾陽）人。一説虢州弘農（今河南靈寶）人。上元進士，任職於洛陽宮中習藝館，改洛州參軍，轉尚方監丞。預修《三教珠英》。中宗復帝位，以其諂事張易之，貶為瀧州參軍。逃歸洛陽，依附武三思，得鴻臚主簿。後遷考功員外郎，充修文館學士。因受賄貶為越州長史。睿宗即位，流放欽州，後賜死於流所。詩與沈佺期齊名，稱"沈宋"。所作詩聲律調諧，屬對工整。初唐律體至沈宋漸成定格，故於詩歌形式的發展，有所貢獻。

題大庾嶺北驛

陽月南飛雁，傳聞至此回。[1]
我行殊未已，何日復歸來。
江靜潮初落，林昏瘴不開。[2]
明朝望鄉處，應見隴頭梅。[3]

注釋

1 **陽月**：陰曆十月。

2 **瘴**：瘴氣，南方山林間濕熱易致病之氣。

3 **隴頭梅**：指大庾嶺南頭梅花，南暖故梅開。

王 灣

693? — 751?

　　王灣（693?－751?），洛陽（今屬河南）人。先天進士，開元初任滎陽主簿。後入麗正院參與《群書四部錄》集部編撰，書成後任洛陽尉。其詩流傳不多，早年遊吳，作《江南意》，有"海日生殘夜，江春入舊年"警句，張燕公（說）手題於政事堂，引為楷式，足見於當世影響之大。

次北固山下

客路青山下，行舟綠水前。
潮平兩岸闊，風正一帆懸。[1]
海日生殘夜，江春入舊年。[2]
鄉書何處達，歸雁洛陽邊。

注釋

1　風正：謂順風。

2　海日：太陽從海上升起，故稱。殘夜：夜色已殘，指天將
　　破曉。舊年：過去的一年，言年未盡春已到。

常　建

破山寺後禪院

清晨入古寺，初日照高林。
曲徑通幽處，禪房花木深。
山光悅鳥性，潭影空人心。[1]
萬籟此俱寂，惟聞鐘磬音。[2]

注釋

1　　人心：指人的各種慾念。
2　　萬籟：泛指自然界各種聲響。鐘磬：佛教法器，唸經時敲
　　　打。

岑　參

寄左省杜拾遺

聯步趨丹陛，分曹限紫微。¹

曉隨天仗入，暮惹御香歸。²

白髮悲花落，青雲羨鳥飛。

聖朝無闕事，自覺諫書稀。³

注釋

1　**趨**：小步快行，古人用以示敬的動作。**丹陛**：宮殿前塗成
　　紅色的台階。**曹**：官署。**紫微**：指中書省，詩人時為中書
　　省屬吏。

2　**天仗**：天子的儀仗。

3　**闕**：指朝政的過失。

李　白

贈孟浩然

吾愛孟夫子，風流天下聞。[1]
紅顏棄軒冕，白首臥松雲。[2]
醉月頻中聖，迷花不事君。[3]
高山安可仰，徒此揖清芬。[4]

注釋

1　**夫子**：古時對男子的敬稱。**風流**：超逸瀟灑的品格風度。

2　**紅顏**：指青春年少時。**軒冕**：車乘冕服，借指官位爵祿。
　　臥松雲：臥於松下雲間，指隱居。

3　**醉月**：沉醉於月色之中。**中聖**：醉酒，古以清酒為聖人，
　　濁酒為賢人。**迷花**：迷戀於花間。

4　**清芬**：指高尚的風範、節操。

渡荊門送別

遠渡荊門外，來從楚國遊。[1]

山隨平野盡，江入大荒流。

月下飛天鏡，雲生結海樓。[2]

仍憐故鄉水，萬里送行舟。[3]

注釋

1　荊門：山名，今湖北長江之濱。

2　海樓：海市蜃樓，光折射產生的虛幻景象。

3　故鄉水：指長江水，詩人早年住在長江上游四川。

送友人

青山橫北郭，白水繞東城。[1]

此地一為別，孤蓬萬里征。[2]

浮雲遊子意，落日故人情。

揮手自茲去，蕭蕭班馬鳴。[3]

注釋

1　**郭**：外城，在城的外圍加築的一道城牆。

2　**一**：助詞，加強語氣。**蓬**：一種枯後遇風飛旋的草，借指
　　遊人。

3　**茲**：此，現在。**班馬**：離別之馬。

聽蜀僧濬彈琴

蜀僧抱綠綺，西下峨眉峰。[1]
為我一揮手，如聽萬壑松。[2]
客心洗流水，遺響入霜鐘。[3]
不覺碧山暮，秋雲暗幾重。

注釋

1　**綠綺**：古名琴，傳為司馬相如所有。

2　**揮手**：指撥動琴絃。

3　**流水**：古琴曲，傳為伯牙所奏。**霜鐘**：傳豐山有鐘，霜降則鳴，故稱。

夜泊牛渚懷古

牛渚西江夜，青天無片雲。[1]

登舟望秋月，空憶謝將軍。[2]

余亦能高詠，斯人不可聞。

明朝掛帆去，楓葉落紛紛。[3]

注釋

1　西江：唐人多稱西來長江為西江。

2　謝將軍：指東晉謝尚，鎮守牛渚，曾識拔袁宏。

3　掛帆去：謂乘船而去。

杜　甫

春望

國破山河在，城春草木深。

感時花濺淚，恨別鳥驚心。

烽火連三月，家書抵萬金。[1]

白頭搔更短，渾欲不勝簪。[2]

注釋

1　**烽火**：古時報警的煙火，此指戰爭。**三月**：言時間很長，
　　非確指。

2　**白頭**：指白髮。**渾**：簡直。**不勝簪**：言頭髮少得連簪子都
　　插不上。

月夜

今夜鄜州月，閨中只獨看。[1]

遙憐小兒女，未解憶長安。

香霧雲鬟濕，清輝玉臂寒。[2]

何時倚虛幌，雙照淚痕乾。[3]

注釋

1 **鄜州**：今陝西富縣，詩人的妻子時在鄜州。

2 **雲鬟**：指婦女烏黑的髮髻。**清輝**：清冷的月光。

3 **虛幌**：薄可透光的帷帳。**雙照**：謂月光同照詩人及妻子。

春宿左省

花隱掖垣暮，啾啾棲鳥過。[1]
星臨萬戶動，月傍九霄多。
不寢聽金鑰，因風想玉珂。[2]
明朝有封事，數問夜如何？[3]

注釋

1   **掖垣**：指門下省，在禁宮左，故稱。

2   **金鑰**：此指用鑰匙開啟宮門的聲音。**珂**：馬勒上的飾物，
     馬行相擊則響，稱鳴珂。

3   **封事**：密封的奏章。

至德二載，甫自京金光門出，間道歸鳳翔。乾元初，從左拾遺移華州掾，與親故別，因出此門，有悲往事

此道昔歸順，西郊胡正繁。[1]

至今猶破膽，應有未招魂。

近侍歸京邑，移官豈至尊？[2]

無才日衰老，駐馬望千門。[3]

注釋

1　**此道**：指出金光門至華州的道路。**胡**：指安祿山的軍隊。

2　**近侍**：侍從官，時詩人任左拾遺。**京邑**：京城，指長安。

　　豈至尊：豈是出自皇帝之意，有正話反説，發牢騷的意思。

3　**千門**：代指宮殿，宮內千門萬戶，故稱。

月夜憶舍弟

戍鼓斷人行，邊秋一雁聲。[1]

露從今夜白，月是故鄉明。

有弟皆分散，無家問死生。[2]

寄書長不達，況乃未休兵！

注釋

1　**戍鼓**：戍樓上的更鼓。**邊秋**：邊塞的秋天，一作"秋邊"。

2　**無家**：謂兄弟分散，家不成家。

天末懷李白 [1]

涼風起天末，君子意如何？[2]

鴻雁幾時到，江湖秋水多。

文章憎命達，魑魅喜人過。[3]

應共冤魂語，投詩贈汨羅。[4]

注釋

1　**天末**：猶天邊。

2　**君子**：指李白。

3　**魑魅**：泛指鬼怪，喻奸邪小人。

4　**汨羅**：水名，在湖南東北部，屈原自沉於此。

奉濟驛重送嚴公四韻 [1]

遠送從此別，青山空復情。

幾時杯重把，昨夜月同行。

列郡謳歌惜，三朝出入榮。[2]

江村獨歸去，寂寞養殘生。

注釋

1 　**嚴公**：即嚴武。

2 　**列郡**：指東西川各郡縣，嚴武在此任節度使。**三朝**：嚴武
　　在玄宗、肅宗、代宗三朝為官。**出入榮**：言其進出朝廷，
　　迭為高官。

別房太尉墓 [1]

他鄉復行役，駐馬別孤墳。[2]

近淚無乾土，低空有斷雲。

對棋陪謝傅，把劍覓徐君。[3]

唯見林花落，鶯啼送客聞。

注釋

1　**房太尉**：房琯，唐玄宗時拜相，死後贈太尉。

2　**復行役**：一再為公務仕宦而外出奔波。

3　**謝傅**：謝安，東晉名將，拜太傅，喜下棋。**徐君**：用季札
　　掛劍徐君墓樹事，以弔房琯，見《新序・節士》。

旅夜書懷

細草微風岸，危檣獨夜舟。[1]

星臨平野闊，月湧大江流。

名豈文章著，官因老病休。

飄飄何所似，天地一沙鷗。[2]

注釋

1 **危檣**：船上高聳的桅杆。

2 **飄飄**：四處飄零的樣子。**沙鷗**：棲息於沙洲上的鷗鳥，用
   以自喻。

登岳陽樓

昔聞洞庭水，今上岳陽樓。

吳楚東南坼，乾坤日夜浮。[1]

親朋無一字，老病有孤舟。

戎馬關山北，憑軒涕泗流。[2]

注釋

1 **吳楚**：兩古國名，約吳在洞庭東，楚在其西。**坼**：分裂，
   言吳楚被洞庭湖分開。**乾坤**：宇宙，天地。

2 **關山北**：北國關隘山嶺，時西北未平。**憑軒**：倚窗。

王　維

輞川閒居贈裴秀才迪

寒山轉蒼翠，秋水日潺湲。[1]
倚杖柴門外，臨風聽暮蟬。
渡頭餘落日，墟里上孤煙。[2]
復值接輿醉，狂歌五柳前。[3]

注釋

1　**潺湲**：水流徐緩的樣子。

2　**墟里**：村落。**孤煙**：直升的炊煙。

3　**接輿**：春秋時楚隱士，代指裴迪。**五柳**：五柳先生，指陶
　　淵明，此為詩人自比。

山居秋暝

空山新雨後，天氣晚來秋。

明月松間照，清泉石上流。

竹喧歸浣女，蓮動下漁舟。[1]

隨意春芳歇，王孫自可留。[2]

注釋

1　浣女：洗衣服的女子。

2　隨意：猶任憑。歇：盡，乾枯凋零。

歸嵩山作

清川帶長薄，車馬去閒閒。[1]

流水如有意，暮禽相與還。

荒城臨古渡，落日滿秋山。

迢遞嵩山下，歸來且閉關。[2]

注釋

1　薄：草木交錯。閒閒：悠閒的樣子。

2　迢遞：形容遙遠。且閉關：佛家閉居靜修，這裡有閉門謝客意。

終南山

太乙近天都，連山到海隅。[1]

白雲回望合，青靄入看無。[2]

分野中峰變，陰晴眾壑殊。

欲投人處宿，隔水問樵夫。

注釋

1　**太乙**：終南山別稱。**天都**：傳說天帝的居所，此指帝都長
　　安。**海隅**：海邊。

2　**青靄**：青色的霧氣。

酬張少府

晚年惟好靜，萬事不關心。
自顧無長策，空知返舊林。[1]
松風吹解帶，山月照彈琴。[2]
君問窮通理，漁歌入浦深。

注釋

1　舊林：故鄉的山林，指故鄉。

2　帶：衣帶。

過香積寺

不知香積寺，數里入雲峰。

古木無人徑，深山何處鐘？

泉聲咽危石，日色冷青松。[1]

薄暮空潭曲，安禪制毒龍。[2]

注釋

1 　**咽危石**：謂山泉在山石間發出幽咽的聲音。

2 　**安禪**：僧人打坐入定。**毒龍**：佛家以毒龍比喻邪念妄心。

送梓州李使君

萬壑樹參天，千山響杜鵑。

山中一夜雨，樹杪百重泉。[1]

漢女輸橦布，巴人訟芋田。[2]

文翁翻教授，不敢倚先賢。[3]

注釋

1　**樹杪**：樹梢。

2　**橦布**：橦樹花纖維織成的布，產梓州一帶。巴：古國名，故都在今四川重慶。芋田：蜀中盛產芋魁，當時為主糧之一。

3　**文翁**：漢景時蜀郡守，在蜀設學，興教化。**翻**：翻然改圖。

漢江臨眺

楚塞三湘接，荊門九派通。[1]

江流天地外，山色有無中。

郡邑浮前浦，波瀾動遠空。

襄陽好風日，留醉與山翁。[2]

注釋

1 **楚塞**：楚國邊陲。**三湘**：湘水，合灘、烝、沅三水，稱三湘。**荊門**：荊門山。**九派**：長江至潯陽分為九支。

2 **襄陽**：襄陽郡治所，在今襄陽漢水南。**山翁**：山簡，山濤之子，晉人，曾鎮守襄陽。

終南別業

中歲頗好道，晚家南山陲。
興來每獨往，勝事空自知。[1]
行到水窮處，坐看雲起時。
偶然值林叟，談笑無還期。[2]

注釋

1　**勝事**：美好的事情。

2　**值**：逢，遇。**無還期**：不知歸期，極言談笑之忘懷。

孟浩然

臨洞庭上張丞相

八月湖水平，涵虛混太清。[1]
氣蒸雲夢澤，波撼岳陽城。[2]
欲濟無舟楫，端居恥聖明。[3]
坐觀垂釣者，徒有羨魚情。[4]

注釋

1　涵虛：謂天空倒映水中。混太清：與天空混為一體，謂水
　　天一色。

2　雲夢澤：古澤藪名，故址在今湖北江漢平原。

3　端居：指閒居無事，伏處草野。

4　羨魚情：詩人借以表達自己出仕的願望，典出《淮南子‧
　　說林訓》。

與諸子登峴山

人事有代謝，往來成古今。[1]
江山留勝跡，我輩復登臨。[2]
水落魚梁淺，天寒夢澤深。[3]
羊公碑尚在，讀罷淚霑襟。[4]

注釋

1　　**代謝**：新舊交替。

2　　**勝跡**：名勝古跡，指下文羊公碑。

3　　**魚梁**：魚梁洲，在漢水中。

4　　**羊公碑**：在湖北襄陽峴山上，為紀念西晉名將羊祜而立。

宴梅道士山房

林臥愁春盡，搴帷覽物華。[1]
忽逢青鳥使，邀入赤松家。[2]
金竈初開火，仙桃正發花。[3]
童顏若可駐，何惜醉流霞。[4]

注釋

1 **搴**：揭。
2 **青鳥**：傳說中的神鳥，後用為信使的代稱。**赤松**：赤松子，傳說中的仙人，此指梅道士。
3 **金竈**：道家煉丹的丹爐。**仙桃**：傳說中的仙果，食之可延年益壽。
4 **流霞**：仙酒名，飲之可駐顏。

歲暮歸南山

北闕休上書，南山歸敝廬。[1]

不才明主棄，多病故人疏。

白髮催年老，青陽逼歲除。[2]

永懷愁不寐，松月夜窗虛。[3]

注釋

1 **北闕**：宮殿的北門樓，唐代北闕為大臣朝見或上書奏事之所。**南山**：指峴山。**敝廬**：簡陋的居所。

2 **青陽**：春天。

3 **虛**：空寂。

過故人莊

故人具雞黍，邀我至田家。[1]

綠樹村邊合，青山郭外斜。[2]

開軒面場圃，把酒話桑麻。[3]

待到重陽日，還來就菊花。[4]

注釋

1　**具**：備辦，預備。**雞黍**：泛指待客的飯菜。

2　**合**：環繞。**郭**：外城。

3　**軒**：指窗。**場圃**：猶園地。

4　**就**：趨赴，接近，猶言欣賞。

秦中寄遠上人 [1]

一丘常欲臥，三徑苦無資。[2]

北土非吾願，東林懷我師。[3]

黃金燃桂盡，壯志逐年衰。

日夕涼風至，聞蟬但益悲。

注釋

1　上人：對僧人的尊稱。

2　三徑：指退隱者的家園，典出《三輔決錄・逃名》。

3　東林：指東林寺，在廬山北麓。

宿桐廬江寄廣陵舊遊

山暝聽猿愁，滄江急夜流。[1]

風鳴兩岸葉，月照一孤舟。

建德非吾土，維揚憶舊遊。[2]

還將兩行淚，遙寄海西頭。[3]

注釋

1　**暝**：昏暗。**滄江**：泛稱江，江水呈青蒼色。

2　**建德**：縣名，今屬浙江。**維揚**：揚州的別稱。

3　**海西頭**：指揚州，揚州近海。

留別王維

寂寂竟何待，朝朝空自歸。

欲尋芳草去，惜與故人違。[1]

當路誰相假？知音世所稀。[2]

只應守寂寞，還掩故園扉。

注釋

1　違：指分離。

2　當路：居政府要職者，當權者。假：憑藉，依賴。

早寒有懷

木落雁南度，北風江上寒。

我家襄水曲，遙隔楚雲端。[1]

鄉淚客中盡，孤帆天際看。

迷津欲有問，平海夕漫漫。[2]

注釋

1　**襄水曲**：襄水曲折處，指襄陽。**楚**：襄陽古屬楚地。

2　**津**：渡口，傳孔子周遊迷津，使子路問焉。**平海**：江面平
　　闊。

劉長卿
709? － 790?

劉長卿（709?－790?），字文房。郡望河間（今屬河北），籍貫宣城（今屬安徽）。青少年讀書於嵩陽，天寶中進士及第。肅宗至德年間任監察御史，後為長州尉，因事貶潘州南巴尉。上元東遊吳越。代宗大曆中以檢校祠部員外郎為轉運使判官，任淮西鄂岳轉運留後，被誣貪贓，貶為睦州司馬。德宗朝任隨州刺史，叛軍李希烈攻隨州，棄城出走，復遊吳越，終於貞元六年（790）之前。其詩氣韻流暢，意境幽深，婉而多諷，以五言擅長，自詡為"五言長城"。

秋日登吳公台上寺遠眺 [1]

古台搖落後，秋入望鄉心。[2]

野寺來人少，雲峰水隔深。

夕陽依舊壘，寒磬滿空林。[3]

惆悵南朝事，長江獨自今。[4]

注釋

1　吳公台：在今揚州北。

2　搖落：零落、凋落，指秋來草木衰謝。

3　舊壘：指吳公台。

4　南朝：指宋、齊、梁、陳四個朝代。

送李中丞歸漢陽別業

流落征南將，曾驅十萬師。
罷歸無舊業，老去戀明時。[1]
獨立三邊靜，輕生一劍知。[2]
茫茫江漢上，日暮欲何之！[3]

注釋

1　明時：承平盛世。

2　三邊：泛指邊地。

3　江漢：泛指江上。何之：到何處去。

餞別王十一南遊

望君煙水闊，渾手淚霑巾。

飛鳥沒何處，青山空向人。[1]

長江一帆遠，落日五湖春。[2]

誰見汀洲上，相思愁白蘋。[3]

注釋

1 **飛鳥**：喻指王十一。

2 **五湖**：指太湖。

3 **汀洲**：水中小洲。**白蘋**：水草名，花白色。

尋南溪常道士

一路經行處，莓苔見屐痕。[1]
白雲依靜渚，芳草閉閒門。[2]
過雨看松色，隨山到水源。
溪花與禪意，相對亦忘言。

注釋

1　屐：木製的鞋，底有齒，古人著屐登山。

2　渚：水中小洲。

新年作

鄉心新歲切，天畔獨潸然。[1]
老至居人下，春歸在客先。[2]
嶺猿同旦暮，江柳共風煙。[3]
已似長沙傅，從今又幾年？[4]

注釋

1　潸然：流淚的樣子。

2　客：詩人自指。

3　嶺：指五嶺。詩人時貶潘州南巴，過此嶺。

4　長沙傅：指賈誼，曾為長沙王太傅。

錢　起

<u>715? － 780?</u>

　　錢起（715?－780?），字仲文，吳興（今
屬浙江）人。天寶十年（751）中進士，授秘
書省校書郎。肅宗朝任藍田尉。代宗大曆中任
司勳員外郎、司封郎中，官至考功員外郎。為
“大曆十才子”之一，詩與郎士元並稱，即所謂
“錢郎”。時人評其詩“體格新奇，理致清淡”，
然內容單薄，類多應酬之作，詩風至此一變。

送僧歸日本

上國隨緣住，來途若夢行。[1]

浮天滄海遠，去世法舟輕。

水月通禪寂，魚龍聽梵聲。[2]

惟憐一燈影，萬里眼中明。[3]

注釋

1　**上國**：域外稱中國為上國。

2　**水月**：佛家語，言世事人生如水月之虛幻。**梵聲**：誦經聲。

3　**惟憐**：獨愛。**一燈**：佛家言佛法如燈，一燈可燃百千燈。

谷口書齋寄楊補闕

泉壑帶茅茨，雲霞生薜帷。[1]
竹憐新雨後，山愛夕陽時。
閒鷺棲常早，秋花落更遲。
家僮掃蘿徑，昨與故人期。

注釋

1　**泉壑**：泉水山壑，猶言山水。**薜**：薜荔，又稱木蓮，常綠
　　藤本植物。

韋應物

淮上喜會梁川故人

江漢曾為客，相逢每醉還。[1]
浮雲一別後，流水十年間。[2]
歡笑情如舊，蕭疏鬢已斑。
何因不歸去，淮上對秋山。

注釋

1   **江漢**：指長江漢水流域。
2   **浮雲**：飄浮的雲彩，喻人生聚散無常。**流水**：喻時間的流逝。

賦得暮雨送李胄

楚江微雨裡，建業暮鐘時。[1]
漠漠帆來重，冥冥鳥去遲。[2]
海門深不見，浦樹遠含滋。[3]
相送情無限，霑襟比散絲。[4]

注釋

1　楚江：指長江，江流經楚地曰楚江。**建業**：今江蘇南京，
　　孫權改秣陵為建業。

2　**漠漠**：迷濛的樣子。**冥冥**：形容高遠，指天空。

3　**海門**：海口，內河通海處。**浦**：水邊。

4　**霑襟**：言淚落霑濕衣襟。

韓翃
? – 785?

　　韓翃（？－785？），字君平，南陽（今屬河南）人。天寶十三載（754）進士。肅宗寶應元年（762）為淄青節度使幕府從事。後閒居長安十年。大曆後期，先後入汴宋、宣武節度使幕府為從事。建中初，德宗賞識其《寒食》一詩，任駕部郎中，知制誥，官終中書舍人。為"大曆十才子"之一。其詩多送行贈別之作，善寫離人旅途景色，而缺乏情思。

酬程延秋夜即事見贈

長簜迎風早，空城淡月華。[1]
星河秋一雁，砧杵夜千家。[2]
節候看應晚，心期臥已賒。[3]
向來吟秀句，不覺已鳴鴉。[4]

注釋

1　**簜**：竹名，節長而高。**月華**：月光。

2　**砧杵**：搗衣石和捧槌，此指搗衣。

3　**賒**：時間長久。

4　**向來**：剛剛，即時。**鳴鴉**：早鴉亂啼，謂天將破曉。

劉慎虛
生卒年不詳

　　劉慎虛（生卒年不詳），字全乙，新吳（今江西奉新）人，一說江東人，或說嵩山人。九歲能文，召見，拜童子郎。開元中進士及第，調洛陽尉，遷夏縣令。曾任崇文館校書郎。與賀知章、包融、張旭齊名，人稱"吳中四友"。為詩情幽興遠，思雅詞奇，知名於時，並為後世所推許。

闕題

道由白雲盡，春與清溪長。[1]
時有落花至，遠隨流水香。
閒門向山路，深柳讀書堂。
幽映每白日，清輝照衣裳。

注釋

1　盡：謂路延伸而消失在視野裡。

戴叔倫

732 - 789

戴叔倫（732－789），字幼公（一作次公），潤州金壇（今屬江蘇）人。代宗廣德初任秘書省正字，後在度支鹽鐵諸使幕府任職，授監察御史銜。德宗建中初出任東陽令，後以大理寺司直入江西觀察使幕，不久以祠部郎中銜授撫州刺史，後改容州刺史兼容管經略使，卒於任所。其詩多寫農村生活，構思新穎。謂"詩家之景，如藍田日暖，良玉生煙"，講究韻味，為後世神韻派詩論先導。

江鄉故人偶集客舍

天秋月又滿，城闕夜千重。

還作江南會，翻疑夢裡逢。[1]

風枝驚暗鵲，露草泣寒蟲。

羈旅長堪醉，相留畏曉鐘。[2]

注釋

1　**翻**：猶"反"。

2　**羈旅**：客遊他鄉。

盧　綸

739? － 799?

　　盧綸（739?－799?），字允言，祖籍范陽
（今河北涿州），後遷居蒲（今屬山西）。天寶
末舉進士，遇亂不第，奉親避居鄱陽。代宗朝
又應舉，屢試不第。大曆六年（771），宰相元
載舉薦，授閿鄉尉。又受宰相王縉賞識，奏為
集賢學士、秘書省校書郎。後出為陝府戶曹、
河南密縣令。德宗朝為昭應令，又赴河中節度
使任元帥府判官，官至檢校戶部郎中。為"大
曆十才子"之一。詩多應酬贈答之作，但所作
邊塞詩卻蒼老遒勁，氣勢雄渾，體現盛唐之
餘緒。

送李端

故關衰草遍，離別正堪悲。[1]
路出寒雲外，人歸暮雪時。
少孤為客早，多難識君遲。[2]
掩泣空相向，風塵何所期。

注釋

1　故關：故鄉。

2　少孤：少年喪父、喪母或父母雙亡。

李　益

748？－829？

　　李益（748？－829？），字君虞，隴西姑
臧（今甘肅武威）人。大曆四年（769）進士，
授鄭縣尉，又任華州主簿，轉侍御史。後出塞
從軍，入朔方、邠寧、幽州諸節度使幕中為從
事。即所謂"三受末秩，五在兵間"。曾東遊
揚州。憲宗朝入為都官郎中，歷秘書少監、集
賢殿學士、散騎常侍、太子賓客等官。文宗
大和初，以禮部尚書致仕。或列入"大曆十才
子"，詩名早著，尤以邊塞詩流傳最廣，其中
七絕冠絕當世，幾可媲美於盛唐王昌齡。

喜見外弟又言別

十年離亂後，長大一相逢。[1]
問姓驚初見，稱名憶舊容。
別來滄海事，語罷暮天鐘。[2]
明日巴陵道，秋山又幾重。[3]

注釋

1　一：助詞，加強語氣。

2　滄海：滄海桑田的省稱，謂世事變化巨大。

3　巴陵：唐郡名，治所在今湖南岳陽。

司空曙
約 720 － 790?

　　司空曙（約 720－790?），字文明（一作
文初），廣平（今河北永年）人。進士出身，
大曆年間任洛陽主簿，後為左拾遺。建中三年
（782）出為長林丞。貞元初入劍南節度使幕
府，領銜水部郎中。官終虞部郎中。為"大曆
十才子"之一。詩多寫自然景色與鄉情旅思，
長於五律。

雲陽館與韓紳宿別

故人江海別，幾度隔山川。

乍見翻疑夢，相悲各問年。[1]

孤燈寒照雨，深竹暗浮煙。

更有來朝恨，離杯惜共傳。[2]

注釋

1　乍：驟，突然。

2　共傳：一起傳杯換盞，飲離別之酒。

喜外弟盧綸見宿

靜夜四無鄰，荒居舊業貧。[1]

雨中黃葉樹，燈下白頭人。

以我獨沉久，愧君相見頻。[2]

平生自有分，況是蔡家親。[3]

注釋

1　業：家業，家產。

2　沉：謂沉淪下層。

3　蔡家親：指表親，典出蔡伯喈。蔡，一作"霍"。

賊平後送人北歸

世亂同南去，時清獨北還。[1]
他鄉生白髮，舊國見青山。[2]
曉月過殘壘，繁星宿故關。[3]
寒禽與衰草，處處伴愁顏。

注釋

1　時清：時世清明，言戰亂已平。

2　舊國：故鄉。

3　殘壘：殘破的壁壘。

劉禹錫
772 — 842

劉禹錫（772－842），字夢得，洛陽（今
屬河南）人。貞元中進士及第，又中博學宏
辭，授太子校書，後入淮南節度使幕府掌書
記，調補渭南主簿，升監察御史。順宗即位，
預政治革新，轉屯田員外郎，判度支鹽鐵案。
憲宗廢新政，貶革新派，出為朗州司馬。十年
後召回長安，以詩忤當道，復出為連州刺史。
穆宗朝為夔州、和州刺史。文宗時官主客郎中
分司東都、集賢殿學士、禮部郎中，出任蘇
州、汝州、同州刺史，遷太子賓客分司東都。
武宗時官至禮部尚書兼太子賓客。詩與白居易
齊名，時稱"劉白"，白居易稱之為"詩豪"。
其詩善使事運典，託物寓意，以針砭時弊，抒
寫情懷。

蜀先主廟

天地英雄氣，千秋尚凜然。[1]
勢分三足鼎，業復五銖錢。[2]
得相能開國，生兒不象賢。
淒涼蜀故妓，來舞魏宮前。

注釋

1 凜然：令人敬畏。

2 五銖錢：漢代的一種錢幣。

張　籍

約 766 － 約 830

　　張籍（約 766 － 約 830），字文昌，祖籍
吳郡（今江蘇蘇州），遷居和州（今安徽和縣）。
貞元中進士及第，元和初官太常寺太祝，後轉
國子監助教，遷秘書郎。長慶初為國子博士，
又任水部員外郎，轉主客郎中。官終國子司
業。其詩或擬古樂府，或自創新樂府，注重風
雅比興，多寫民生疾苦。是元白新樂府運動的
積極支持者。與王建齊名，均擅長樂府，故稱
"張王樂府"。

沒蕃故人

前年戍月支，城下沒全師。[1]
蕃漢斷消息，死生長別離。[2]
無人收廢帳，歸馬識殘旗。[3]
欲祭疑君在，天涯哭此時。

注釋

1　戍：守邊。月支：西域古族名，初在敦煌，後遷今新疆。
2　蕃：古時對外族的通稱。
3　廢帳：戰敗後遺棄的營帳。

白居易

草

離離原上草，一歲一枯榮。[1]

野火燒不盡，春風吹又生。

遠芳侵古道，晴翠接荒城。[2]

又送王孫去，萋萋滿別情。[3]

注釋

1　**離離**：蒙茸披拂的樣子。

2　**遠芳**：謂芳草綿延，漸遠還生。**晴翠**：陽光下碧草蒼翠。

3　**王孫**：指遊子。**萋萋**：草茂盛的樣子。

杜　牧

$803 - 852$

　　杜牧（803－852），字牧之，京兆萬年
（今陝西西安）人。宰相杜佑之孫，大和進士，
授弘文館校書郎。後赴江西觀察使幕府，轉淮
南節度使幕府，又入宣歙觀察使幕府。文宗朝
任左補闕，轉膳部、比部員外郎。武宗時出
任黃、池、睦三州刺史。宣宗時入為司勳員外
郎，史館修撰，又出為湖州刺史，召為考功郎
中知制誥，官至中書舍人。其為詩注重文意詞
采，追求高絕綺麗，於晚唐浮靡詩風中自樹一
幟。擅長近體，絕句尤為出色。

旅宿

旅館無良伴，凝情自悄然。[1]

寒燈思舊事，斷雁警愁眠。[2]

遠夢歸侵曉，家書到隔年。

滄江好煙月，門繫釣魚船。[3]

注釋

1　悄然：憂傷的樣子。

2　斷雁：孤雁。

3　滄江：泛指江。

許　渾
生卒年不詳

　　許渾（生卒年不詳），字用晦（一作仲晦），潤州丹陽（今屬江蘇）人。文宗大和六年（832）進士，先後任當塗、太平令，因病免。後任潤州司馬。大中年間入為監察御史，因病乞歸，後復出仕，歷任虞部員外郎，轉睦、郢二州刺史。晚年歸丹陽橋村舍閒居，自編詩集，曰《丁卯集》。其詩皆近體，五七律尤多，句法圓熟工穩，聲調平仄自成一格，即所謂"丁卯體"。詩多寫"水"，故有"許渾千首濕"之諷。

秋日赴闕題潼關驛樓

紅葉晚蕭蕭，長亭酒一瓢。[1]
殘雲歸太華，疏雨過中條。[2]
樹色隨關迥，河聲入海遙。[3]
帝鄉明日到，猶自夢漁樵。[4]

注釋

1 **長亭**：古時道路每十里設長亭，供行旅停息。
2 **太華**：華山。**中條**：一名雷首山，在今山西永濟東南。
3 **迥**：遠。
4 **帝鄉**：京都，指長安。

早秋

遙夜泛清瑟，西風生翠蘿。[1]

殘螢棲玉露，早雁拂金河。[2]

高樹曉還密，遠山晴更多。[3]

淮南一葉下，自覺洞庭波。[4]

注釋

1 泛：浮現，指揚起清瑟之聲。翠蘿：泛指綠色的蔓生植物。

2 金河：銀河，時值秋天，屬金。

3 還密：謂樹葉稠密，尚未凋零。

4 淮南：泛指淮水以南地區。

李商隱

蟬

本以高難飽，徒勞恨費聲。[1]
五更疏欲斷，一樹碧無情。
薄宦梗猶泛，故園蕪已平。[2]
煩君最相警，我亦舉家清。[3]

注釋

1　高：謂蟬棲身於高處，喻清高。

2　薄宦：卑微的官職。梗：指桃梗，以泛梗自喻游宦，典出
　　《說苑》。蕪已平：謂荒草已與人平。

3　君：指蟬。

風雨

淒涼寶劍篇，羈泊欲窮年。[1]
黃葉仍風雨，青樓自管絃。
新知遭薄俗，舊好隔良緣。
心斷新豐酒，銷愁又幾千。[2]

注釋

1 **寶劍篇**：唐將郭震作，其主題言人當有所作為。**羈泊**：羈
　旅漂泊。

2 **心斷**：斷絕念頭，絕望。**新豐**：在今陝西臨潼，馬周未遇
　曾飲於新豐市。

落花

高閣客竟去，小園花亂飛。

參差連曲陌，迢遞送斜暉。[1]

腸斷未忍掃，眼穿仍欲歸。

芳心向春盡，所得是霑衣。[2]

注釋

1　參差：形容落花繁亂。

2　芳心：指花，關合看花的心情。霑衣：指眼淚。

涼思

客去波平檻，蟬休露滿枝。

永懷當此節，倚立自移時。[1]

北斗兼春遠，南陵寓使遲。[2]

天涯占夢數，疑誤有新知。

注釋

1   永懷：長久的思念。

2   南陵：縣名，今安徽繁昌。寓：寄，託。

北青蘿

殘陽西入崦，茅屋訪孤僧。[1]

落葉人何在，寒雲路幾層。

獨敲初夜磬，閒倚一枝藤。[2]

世界微塵裡，吾寧愛與憎？[3]

注釋

1　崦：崦嵫，傳說為日落的地方。

2　初夜：猶初更。一枝藤：指藤杖。

3　寧：何，疑問副詞。

溫庭筠

約 812 －約 870

　　溫庭筠（約 812 －約 870），本名岐，字
飛卿，太原祁（今山西祁縣）人。唐宰相溫彥
博後代。早年才思敏捷，以詞賦知名，然屢試
不第，客遊江淮間。宣宗朝試宏辭，代人作
賦，以擾亂科場，貶為隋縣尉。後襄陽刺史署
為巡官，授檢校員外郎，不久離開襄陽，客於
江陵。懿宗時曾任方城尉，官終國子助教。詩
詞工於體物，設色穠麗，有聲調色彩之美。弔
古行旅之作感慨深切，氣韻清新，猶存風骨。

送人東遊

荒戍落黃葉，浩然離故關。[1]

高風漢陽渡，初日郢門山。[2]

江上幾人在，天涯孤棹還。[3]

何當重相見，樽酒慰離顏。[4]

注釋

1　**荒戍**：荒廢的古堡。**浩然**：猶毅然，志堅不可留的樣子。

2　**郢門山**：即荊門山，在湖北枝城西北。

3　**棹**：船槳，代指船。

4　**何當**：猶何時。

馬　戴

? － 869

馬戴（?－869），字虞臣，曲陽（今江蘇東海）人。家貧，工詩。會昌四年（844），與項斯、趙嘏同榜舉進士。大中初赴太原幕府掌書記，以正言被斥，貶為龍陽尉。咸通末佐大同軍幕府，官終太學博士。詩擅長五律，流動壯闊，然終是晚唐風貌。

灞上秋居

灞原風雨定，晚見雁行頻。[1]

落葉他鄉樹，寒汀獨夜人。

空園白露滴，孤壁野僧鄰。

寄臥郊扉久，何年致此身？[2]

注釋

1　灞原：灞上，在灞水西高原上，故名。

2　郊扉：郊外住宅。**致此身**：謂使此身得以為君國效命。

楚江懷古

露氣寒光集，微陽下楚丘。[1]

猿啼洞庭樹，人在木蘭舟。[2]

廣澤生明月，蒼山夾亂流。

雲中君不見，竟夕自悲秋。[3]

注釋

1　楚丘：楚地的山丘。

2　木蘭舟：用木蘭製作的舟，言其高潔芬芳。

3　雲中君：傳說中的雲神，《楚辭》有《雲中君》。

張　喬

生卒年不詳

　　張喬（生卒年不詳），池州（今安徽貴池）人。咸通十二年（871）進士。黃巢起義，與伍喬同隱九華山。僖宗廣明中尚在世，不知所終。苦力為詩，乃至十年不窺園，時與許棠、喻坦之、張蠙、鄭谷諸人，皆以詩名，號稱"芳林十哲"。其詩善於狀物寫景，卻帶蕭颯之象。

書邊事

調角斷清秋，征人倚戍樓。[1]
春風對青冢，白日落梁州。[2]
大漠無兵阻，窮邊有客遊。
蕃情似此水，長願向南流。[3]

注釋

1 調角：吹號角。戍樓：邊境瞭望軍情的望樓。

2 青冢：昭君墓。梁州：古梁州當在今陝西境內。

3 蕃：古代對外族的統稱，這裡指吐蕃。

崔　塗
生卒年不詳

　　崔塗（生卒年不詳），字禮山，江南（約今浙江桐廬、建德一帶）人。光啟四年（888）進士及第。約昭宗天復初尚在世。家在江南，壯遊巴蜀，中客湘鄂，老上秦隴。詩多紀遊之作，工寫景述懷，盡是羈愁別恨，音調低沉。

除夜有懷

迢遞三巴路，羈危萬里身。[1]

亂山殘雪夜，孤燭異鄉人。

漸與骨肉遠，轉於僮僕親。[2]

那堪正漂泊，明日歲華新。[3]

注釋

1　**迢遞**：遙遠的樣子。**三巴**：巴郡、巴東、巴西，泛指今四川一帶。**羈危**：羈旅艱危。

2　**轉於**：反與。

3　**歲華**：歲月，明日即新年，故曰"歲華新"。

孤雁

幾行歸塞盡，念爾獨何之。

暮雨相呼失，寒塘欲下遲。

渚雲低暗度，關月冷相隨。

未必逢矰繳，孤飛自可疑。[1]

注釋

1　**矰繳**：繫有絲繩，用以射鳥的短箭。

杜荀鶴

846 － 904?

　　杜荀鶴（846－904?），字彥之，池州石
埭（今安徽石台）人。家境貧寒，早年隱居
九華山讀書，故號九華山人。昭宗大順二年
（891）進士及第，寧國節度使辟為從事。受命
密使大梁聯絡朱溫，表薦為翰林學士、主客員
外郎。天祐初病逝。其詩多寫久經戰亂農村凋
敝景象，反映人民苦難生活，以律體形式寫樂
府題材是其主要特色。

春宮怨

早被嬋娟誤，欲歸臨鏡慵。[1]
承恩不在貌，教妾若為容？
風暖鳥聲碎，日高花影重。[2]
年年越溪女，相憶採芙蓉。[3]

注釋

1　**嬋娟**：美貌。**慵**：懶散。

2　**日高**：太陽高掛。

3　**越溪**：指若耶溪。

韋　莊
836？－910

韋莊（836？－910），字端己，京兆杜陵
（今陝西西安）人。青少年曾寓居下邽、鄠縣，
東出潼關，客虢州。僖宗乾符末入京應舉落
第，廣明初黃巢起義軍攻破長安，逃往洛陽。
後至鎮海節度使幕為幕僚。北上投鳳翔僖宗行
在，道阻未果，因南遊金陵，客居婺州。昭宗
乾寧初入長安應試，進士及第，授校書郎。曾
奉使入蜀，回朝後任左、右補闕。天復初復入
蜀為西川節度使王建掌書記。及王建稱帝，為
前蜀宰相。其詩多寫世亂年荒之景，弔古傷時
之情，音調響亮而意緒低沉，融注了對唐室衰
微的感慨。

章台夜思 [1]

清瑟怨遙夜，繞絃風雨哀。[2]

孤燈聞楚角，殘月下章台。[3]

芳草已雲暮，故人殊未來。[4]

鄉書不可寄，秋雁又南回。

注釋

1　章台：宮名，故址在今陝西長安。

2　瑟：古代絃樂器，多為二十五絃。

3　楚角：楚地吹的號角，其聲悲涼。

4　殊：竟，尚。

僧皎然

730? － 799?

僧皎然（730?－799?），俗姓謝，字清晝，湖州長城（今浙江長興）人。初出家，奉佛於湖州杼山妙喜寺。自稱為謝靈運十世孫。其詩多寫山水遊賞與佛事活動，境界清淡輕鬆，聲律和諧流動，以五言詩為擅長。善談詩藝，有論詩專著《詩式》傳世。

尋陸鴻漸不遇

移家雖帶郭，野徑入桑麻。
近種籬邊菊，秋來未著花。
扣門無犬吠，欲去問西家。
報道山中去，歸來每日斜。

卷四　七言律詩

崔　顥

? — 754

　　崔顥（?—754），汴州（今河南開封）人。
開元十一年（723）進士及第，曾出使河東節
度使軍幕，天寶時歷任太僕寺丞、司勳員外郎
等職。足跡遍及江南塞北，詩歌內容廣闊，風
格多樣：或寫兒女之情，幾近輕薄；或狀戎旅
之苦，風骨凜然。詩名早著，影響深遠。

黃鶴樓

昔人已乘黃鶴去，此地空餘黃鶴樓。[1]

黃鶴一去不復返，白雲千載空悠悠。

晴川歷歷漢陽樹，芳草萋萋鸚鵡洲。[2]

日暮鄉關何處是，煙波江上使人愁。

注釋

1　昔人：指仙人子安，曾跨鶴過黃鶴山，因建樓。

2　萋萋：草茂盛的樣子。鸚鵡洲：原在江中，今移與湖北漢陽接壤。

行經華陰

岩嶢太華俯咸京，天外三峰削不成。[1]
武帝祠前雲欲散，仙人掌上雨初晴。[2]
河山北枕秦關險，驛路西連漢時平。[3]
借問路旁名利客，何如此處學長生！

注釋

1　**岩嶢**：高峻。**太華**：華山。**咸京**：指咸陽。**三峰**：指今華山的蓮花、落雁、朝陽三峰。

2　**武帝祠**：漢武帝遊華山時所立巨靈祠。**仙人掌**：仙掌崖，華山奇景之一。

3　**秦關**：指函谷關，在華山北。**驛路**：古代傳車驛馬通行的大道。**時**：帝王祭天地的祭壇，漢武帝於岐立時。

祖 詠
699? － 746?

祖詠（699?－746?），洛陽（今屬河南）人。開元十二年（724）進士及第。曾授官，遭謫遷，仕途失意，貧病交加。晚年移家於汝濆間，以漁樵自終。為王維、盧象詩友，其詩以寫山水田園為主，清麗自然，恬靜閒適。其邊塞詩則雄渾壯麗，風調高昂。

望薊門

燕台一去客心驚，笳鼓喧喧漢將營。[1]
萬里寒光生積雪，三邊曙色動危旌。[2]
沙場烽火侵胡月，海畔雲山擁薊城。
少小雖非投筆吏，論功還欲請長纓。

注釋

1   **一去**：一作"一望"。
2   **三邊**：泛指邊疆。**危旌**：高掛的旗幟。

崔　曙

？ — 739

　　崔曙（？—739），宋州（今河南商丘）人。
少孤貧，不應薦辟，詩書於少室山中。開元
二十六年（738）進士及第，試《明堂火珠》
詩，有"夜來雙月合，曙後一星孤"句，由是
得名。詩多淒苦之詞，衰颯之景。

九日登望仙台呈劉明府 [1]

漢文皇帝有高台，此日登臨曙色開。
三晉雲山皆北向，二陵風雨自東來。[2]
關門令尹誰能識？河上仙翁去不回。[3]
且欲近尋彭澤宰，陶然共醉菊花杯。[4]

注釋

1　**望仙台**：漢台名，故址在今陝西戶縣。

2　**三晉**：今山西、河北西部、河南北部地區。**二陵**：崤山分
　　南北二陵，在今河南洛寧北。

3　**關**：指函谷關，傳尹喜曾為關令。**河上仙翁**：河上公，傳
　　其曾授漢文帝《老子》。

4　**彭澤宰**：指陶淵明，曾為彭澤令。

李 頎

送魏萬之京

朝聞遊子唱離歌，昨夜微霜初度河。

鴻雁不堪愁裡聽，雲山況是客中過。[1]

關城曙色催寒近，御苑砧聲向晚多。[2]

莫是長安行樂處，空令歲月易蹉跎。

注釋

1　況是：何況是。

2　關城：指潼關。御苑：皇家宮苑，指京城。

李 白

登金陵鳳凰台

鳳凰台上鳳凰遊，鳳去台空江自流。

吳宮花草埋幽徑，晉代衣冠成古丘。[1]

三山半落青天外，二水中分白鷺洲。[2]

總為浮雲能蔽日，長安不見使人愁。[3]

注釋

1　**吳宮**：指三國孫吳所修太初昭明二宮。**晉代**：指東晉，南渡後建都於金陵。**衣冠**：指豪門權貴。**古丘**：指古墓。

2　**三山**：在今南京西南，三峰列於江邊。**二水**：白鷺洲分江為二，故云，或作「一水」。**白鷺洲**：長江中沙洲，今已與陸地相接。

3　**浮雲能蔽日**：喻奸臣當道，遮蔽賢才。

高　適

送李少府貶峽中王少府貶長沙

嗟君此別意何如？駐馬啣杯問謫居。[1]

巫峽啼猿數行淚，衡陽歸雁幾封書。

青楓江上秋帆遠，白帝城邊古木疏。[2]

聖代即今多雨露，暫時分手莫躊躇。[3]

注釋

1　謫居：貶官將去的地方。

2　青楓江：指湘江，《楚辭》：“湛湛江水兮上有楓。”白帝城：在今四川奉節縣東瞿塘峽口。

3　聖代：聖明之世。

岑　參

奉和中書舍人賈至早朝大明宮

雞鳴紫陌曙光寒，鶯囀皇州春色闌。[1]

金闕曉鐘開萬戶，玉階仙仗擁千官。[2]

花迎劍佩星初落，柳拂旌旗露未乾。[3]

獨有鳳凰池上客，陽春一曲和皆難。[4]

注釋

1　紫陌：都城的街道。囀：鶯鳴。皇州：指長安。

2　金闕：宮門前華美的望樓。萬戶：宮門。仙仗：指皇帝的
　　儀仗。

3　劍佩：寶劍和垂佩。

4　鳳凰池：中書省的代稱。

王　維

和賈至舍人早朝大明宮之作

絳幘雞人報曉籌，尚衣方進翠雲裘。[1]
九天閶闔開宮殿，萬國衣冠拜冕旒。[2]
日色才臨仙掌動，香煙欲傍袞龍浮。[3]
朝罷須裁五色詔，佩聲歸到鳳池頭。[4]

注釋

1　絳幘：紅布包頭，雞人裝束。雞人：古報曉官，每日未明三刻傳鳴聲報曉。曉籌：拂曉的更籌，指拂曉時刻。尚衣：內府官署名，掌供帝王服飾。翠雲裘：繡以雲紋的皮衣，泛言華美服飾。

2　九天：指皇宮。閶闔：天門，這裡指宮門。衣冠：指文武百官。冕旒：皇冠，代指皇帝。

3　仙掌：指托承露盤的銅仙人掌，漢武帝所造。袞龍：古代皇帝朝服上的龍。

4　五色詔：指皇帝的詔書。鳳池：即鳳凰池，指中書省。

奉和聖制從蓬萊向興慶閣道中留春雨中春望之作應制

渭水自縈秦塞曲，黃山舊繞漢宮斜。[1]

鑾輿迥出千門柳，閣道回看上苑花。[2]

雲裡帝城雙鳳闕，雨中春樹萬人家。[3]

為乘陽氣行時令，不是宸遊玩物華。[4]

注釋

[1]　**渭水**：黃河支流，在今陝西中部。**秦塞**：秦國關塞，渭水流域古為秦地。**黃山**：黃麓山，在今陝西興平北。**漢宮**：漢代宮殿，詩中兼指唐宮。

[2]　**鑾輿**：皇帝的車駕。**迥出**：遠出。**千門**：指皇宮宮門。**上苑**：皇家的園林。

[3]　**雙鳳闕**：漢有鳳闕宮，此指皇宮的門樓。

[4]　**陽氣**：春天的一陽復甦之氣。**宸遊**：帝王巡遊。**物華**：自然景物。

積雨輞川莊作

積雨空林煙火遲，蒸藜炊黍餉東菑。[1]
漠漠水田飛白鷺，陰陰夏木囀黃鸝。[2]
山中習靜觀朝槿，松下清齋折露葵。[3]
野老與人爭席罷，海鷗何事更相疑？[4]

注釋

1　**煙火遲**：因久雨空氣濕潤，煙火上升遲緩。**藜**：一種可食
　　的野菜。**黍**：穀物名，古時為主食。**餉**：送飯食到田頭。
　　菑：初耕的田地。

2　**囀**：小鳥婉轉的鳴叫。

3　**槿**：落葉灌木，其花早開晚謝。**清齋**：素食，長齋。**露
　　葵**：冬葵，古時一種重要蔬菜。

4　**野老**：詩人自稱。**爭席**：爭宴席間的座位，典出《莊子‧
　　寓言》。"**海鷗**"句：意謂自己毫無機心，世人不必對自己
　　再戒備重重，典出《列子‧黃帝》。

酬郭給事 [1]

洞門高閣靄餘暉，桃李陰陰柳絮飛。[2]
禁裡疏鐘官舍晚，省中啼鳥吏人稀。[3]
晨搖玉佩趨金殿，夕奉天書拜瑣闈。[4]
強欲從君無那老，將因臥病解朝衣。[5]

注釋

1　**給事**：給事中的省稱，唐時屬門下省，官階正五品上。
2　**洞門**：指重重相對的宮門。**靄**：暮靄，傍晚時分的雲氣。
　　桃李：指宮禁中所植桃樹、李樹。
3　**禁裡**：皇宮。
4　**玉佩**：玉製佩飾，古時貴族方可佩帶。**趨**：快步疾行，以
　　示恭謹，句中指上朝。**拜瑣闈**：指下朝，東漢時令給事中
　　與黃門侍郎為一官，並規定日暮時需入對青瑣門拜，稱夕
　　郎，此瑣闈指鏤刻有連瑣圖案的宮中側門。
5　**無那**：無奈。**解朝衣**：脫去朝服，喻辭官。

杜　甫

蜀相[1]

丞相祠堂何處尋？錦官城外柏森森。[2]

映階碧草自春色，隔葉黃鸝空好音。

三顧頻煩天下計，兩朝開濟老臣心。[3]

出師未捷身先死，長使英雄淚滿襟。[4]

注釋

1　**蜀相**：指三國時期蜀國丞相諸葛亮。

2　**錦官城**：蜀漢故鄉，產織錦，今四川成都。

3　**三顧**：指劉備三顧茅廬見諸葛亮事。**兩朝**：指劉備、劉禪
　　父子兩朝。**開濟**：幫助劉備開國和輔佐劉禪繼位。

4　**出師未捷**：諸葛亮曾五次出兵攻魏，建興十二年（234），
　　與魏司馬懿在渭南相拒百餘日，病死於五丈原軍中。

客至

舍南舍北皆春水，但見群鷗日日來。[1]

花徑不曾緣客掃，蓬門今始為君開。

盤飧市遠無兼味，樽酒家貧只舊醅。[2]

肯與鄰翁相對飲，隔籬呼取盡餘杯。[3]

注釋

1　舍：屋舍。

2　盤飧：指飯菜。舊醅：已放置了一段時間又沒有濾渣的酒。

3　肯：有徵詢之意，肯不肯，是否願意。

野望

西山白雪三城戍，南浦清江萬里橋。[1]
海內風塵諸弟隔，天涯涕淚一身遙。[2]
惟將遲暮供多病，未有涓埃答聖朝。[3]
跨馬出郊時極目，不堪人事日蕭條。

注釋

1　**西山**：一名雪嶺，在今成都西。**三城**：指松、維、保三
　　城，時為吐蕃所擾。**戍**：列兵防守。**南浦**：南郊水濱。**清
　　江**：指錦江，出岷江東流經今成都南。**萬里橋**：架於成都
　　南門外錦江上。

2　**風塵**：喻戰亂。**諸弟**：杜甫有弟四人，時唯四弟與他同在。

3　**涓埃**：涓滴、埃塵，喻細小、微末。

聞官軍收河南河北 [1]

劍外忽傳收薊北，初聞涕淚滿衣裳。[2]
卻看妻子愁何在，漫捲詩書喜欲狂。[3]
白日放歌須縱酒，青春作伴好還鄉。[4]
即從巴峽穿巫峽，便下襄陽向洛陽。

注釋

1　河南：指洛陽。河北：指黃河以北部分地區。

2　劍外：劍門山之外，指蜀地。薊北：薊州一帶，曾是安史
　　叛軍根據地。

3　愁何在：愁情已無影無蹤。漫捲：隨手捲起。

4　放歌：放情高歌。

登高

風急天高猿嘯哀，渚清沙白鳥飛迴。[1]

無邊落木蕭蕭下，不盡長江滾滾來。

萬里悲秋常作客，百年多病獨登台。[2]

艱難苦恨繁霜鬢，潦倒新停濁酒杯。[3]

注釋

1　渚：水中小洲。

2　百年：喻人生一世。

3　繁霜鬢：兩鬢白髮日增。

登樓

花近高樓傷客心，萬方多難此登臨。

錦江春色來天地，玉壘浮雲變古今。[1]

北極朝廷終不改，西山寇盜莫相侵。[2]

可憐後主還祠廟，日暮聊為梁甫吟。[3]

注釋

1. 錦江：岷江支流，流經今四川成都南。來天地：生於天地之間，此喻自然之永恆。玉壘：山名，在今四川灌縣西北。變古今：謂浮雲多幻、古今同一，喻人世紛擾。
2. 西山寇盜：指吐蕃入侵者，時吐蕃寇蜀。
3. 梁甫吟：傳為諸葛亮所吟。

宿府[1]

清秋幕府井梧寒，獨宿江城蠟炬殘。[2]
永夜角聲悲自語，中天月色好誰看？[3]
風塵荏苒音書絕，關塞蕭條行路難。[4]
已忍伶俜十年事，強移棲息一枝安。[5]

注釋

1　府：幕府，古代將軍的府署，杜甫時在嚴武幕府中。

2　井梧：梧桐，葉有黃紋如井，又稱金井梧桐。

3　永夜：長夜。

4　風塵荏苒：謂戰亂已久。荏苒，指時間推移。

5　伶俜：孤單。

閣夜 [1]

歲暮陰陽催短景，天涯霜雪霽寒宵。[2]
五更鼓角聲悲壯，三峽星河影動搖。[3]
野哭幾家聞戰伐，夷歌數處起漁樵。[4]
臥龍躍馬終黃土，人事音書漫寂寥。[5]

注釋

1. **閣**：指夔州（今四川奉節）西閣，時杜甫寓居其處。
2. **陰陽**：指歲尾年頭陰氣將盡，陽氣將生。**短景**：喻冬季白天短暫。**天涯**：喻遠離故鄉的地方。
3. **鼓角**：更鼓和號角。**星河**：銀河。
4. **夷**：指當地少數民族。
5. **臥龍**：指三國蜀相諸葛亮，隱居時人稱臥龍。

詠懷古跡（五首）

其一

支離東北風塵際，飄泊西南天地間。[1]
三峽樓台淹日月，五溪衣服共雲山。[2]
羯胡事主終無賴，詞客哀時且未還。[3]
庾信平生最蕭瑟，暮年詩賦動江關。[4]

注釋

1　支離：流離。東北風塵際：安史亂中詩人由東北避地西南。

2　五溪：在湘黔交界處，西南少數民族聚居地。共雲山：言
　　詩人與溪人共處。

3　羯胡：指安祿山。詞客：詩人自指。且未還：飄泊異地，
　　尚未還鄉。

4　庾信：梁朝詩人，入仕北周而不忘江南。

其二

搖落深知宋玉悲，風流儒雅亦吾師。[1]

悵望千秋一灑淚，蕭條異代不同時。

江山故宅空文藻，雲雨荒台豈夢思？[2]

最是楚宮俱泯滅，舟人指點到今疑。

注釋

1. **搖落**：指宋玉《九辯》之句：「悲哉！秋之為氣也，蕭瑟兮草木搖落而變衰。」**宋玉**：戰國辭賦家，其作品首開悲秋主題。**風流儒雅**：指宋玉的文采和學問。

2. **故宅**：歸州、荊州皆有宋玉故宅。**空文藻**：枉留文采。**荒台**：指陽台，楚王夢神女處，見《高唐賦》。

其三

群山萬壑赴荊門，生長明妃尚有村。[1]

一去紫台連朔漠，獨留青冢向黃昏。[2]

畫圖省識春風面，環佩空歸月夜魂。[3]

千載琵琶作胡語，分明怨恨曲中論。[4]

1　**赴荊門**：奔向荊門山，山在今湖北。**明妃**：王昭君，漢元帝宮人，遠嫁匈奴。

2　**紫台**：漢宮殿名。**朔漠**：北方沙漠，指匈奴居住地。**青冢**：昭君墓，以墓草獨青，在今內蒙古呼和浩特。

3　**環佩**：衣帶上所繫佩玉，此代指昭君。

4　**曲中論**：在曲中傾訴，琴曲有《昭君怨》。

其四

蜀主窺吳幸三峽，崩年亦在永安宮。[1]
翠華想像空山裡，玉殿虛無野寺中。[2]
古廟杉松巢水鶴，歲時伏臘走村翁。[3]
武侯祠屋常鄰近，一體君臣祭祀同。[4]

注釋

1　**蜀主**：指劉備。**窺吳**：討伐東吳。**幸**：對皇帝行跡的尊稱。**永安宮**：劉備在夔州白帝城的行宮；蜀章武二年（222），劉備征東吳，敗歸白帝城，次年於永安宮病逝。

2　**翠華**：指帝王的儀仗。**玉殿**：指永安宮，句下原注：＂殿今為臥龍寺，廟在宮東。＂

3　　古廟：劉備祠廟。

4　　武侯祠屋：諸葛亮在夔州的祠廟，位於劉備廟西。

其五

諸葛大名垂宇宙，宗臣遺像肅清高。[1]
三分割據紆籌策，萬古雲霄一羽毛。[2]
伯仲之間見伊呂，指揮若定失蕭曹。[3]
運移漢祚終難復，志決身殲軍務勞。[4]

注釋

1　　宗臣：人們所宗尚的賢臣。肅清高：為其清高而肅然起敬。

2　　三分割據：指魏蜀吳三國鼎立，割據天下。紆籌策：紆曲
　　　周密地運籌劃策。

3　　伯仲之間：喻不相上下。伊：伊尹，輔佐商湯；呂：呂
　　　尚，輔佐周文王、周武王；伊、呂二人俱是開國賢臣。蕭
　　　曹：指漢相蕭何、曹參。

4　　祚：國統，皇位。

劉長卿

江州重別薛六柳八二員外 [1]

生涯豈料承優詔，世事空知學醉歌。[2]

江上月明胡雁過，淮南木落楚山多。[3]

寄身且喜滄洲近，顧影無如白髮何！[4]

今日龍鍾人共老，愧君猶遣慎風波。[5]

注釋

1　江州：今江西省九江市。**員外**：員外郎的省稱，官名。

2　生涯：生平。

3　**胡雁**：北方來的大雁。

4　**滄洲**：濱水之地，多用以稱隱士居處。**無如**：加 "何" 字
　　意為：對白髮無奈何。

5　**遣**：教。

長沙過賈誼宅 [1]

三年謫宦此棲遲，萬古惟留楚客悲。[2]

秋草獨尋人去後，寒林空見日斜時。

漢文有道恩猶薄，湘水無情弔豈知？[3]

寂寂江山搖落處，憐君何事到天涯。

注釋

1　**賈誼**：西漢文帝時政治家、文學家。後被貶為長沙王太
傅，故長沙有其故宅。

2　**謫宦**：貶官。**棲遲**：淹留。**楚客**：指賈誼，長沙舊屬楚
地，故有此稱。

3　**漢文**：指漢文帝。**弔豈知**：賈誼出為長沙王太傅，經湘水
時曾作《弔屈原賦》，憑弔詩人屈原，亦兼寄自傷之情。

自夏口至鸚鵡洲夕望岳陽寄元中丞 [1]

汀洲無浪復無煙，楚客相思益渺然。[2]
漢口夕陽斜度鳥，洞庭秋水遠連天。[3]
孤城背嶺寒吹角，獨戍臨江夜泊船。[4]
賈誼上書憂漢室，長沙謫去古今憐。[5]

注釋

1 **夏口**：唐鄂州治，今屬湖北武漢，在長江南岸。**鸚鵡洲**：
   在長江中，正對黃鶴磯，唐以後漸漸西移，今與漢陽陸
   地相接。**岳陽**：位在鄂州西南長江南岸，江水與洞庭湖相
   通，今屬湖南。**中丞**：官名。

2 **汀洲**：水中小洲，指鸚鵡洲。**楚客**：客居楚地之人，此為
   詩人自指。

3 **鳥**：飛鳥，暗指鸚鵡洲。

4 **孤城**：指漢陽城，城近大別山。**角**：軍隊中的一種吹器。

5 **賈誼上書**：賈誼曾向漢文帝上《治安策》。

錢　起

贈闕下裴舍人 [1]

二月黃鸝飛上林，春城紫禁曉陰陰。[2]
長樂鐘聲花外盡，龍池柳色雨中深。[3]
陽和不散窮途恨，霄漢常懸捧日心。[4]
獻賦十年猶未遇，羞將白髮對華簪。[5]

注釋

1　**闕下**：宮闕之下，指皇宮。**舍人**：官名。

2　**上林**：秦漢時宮苑名，此代指唐宮苑。

3　**長樂**：漢宮殿名，此喻唐宮。**龍池**：興慶宮中的水池。

4　**陽和**：指仲春，應首二句。**捧日**：《三國志·魏書》載，程
　　昱少時常夢見以雙手捧日，後成為曹操的重要謀臣。

5　**獻賦**：獻辭賦以謀求顯達。**簪**：固定著冠的長針，達官貴
　　人的冠飾。

韋應物

寄李儋元錫 [1]

去年花裡逢君別，今日花開又一年。

世事茫茫難自料，春愁黯黯獨成眠。[2]

身多疾病思田里，邑有流亡愧俸錢。[3]

聞道欲來相問訊，西樓望月幾回圓。[4]

注釋

1　李儋（dān 單）：字元錫，武威（今屬甘肅）人，曾任殿中侍御史。

2　黯黯：低沉暗淡。

3　邑：指蘇州，詩人時任蘇州刺史。流亡：逃亡在外的人。

4　西樓：又名觀風樓，在今蘇州。

韓 翃

題仙遊觀 [1]

仙台初見五城樓，風物淒淒宿雨收。[2]
山色遙連秦樹晚，砧聲近報漢宮秋。[3]
疏松影落空壇靜，細草春香小洞幽。
何用別尋方外去，人間亦自有丹丘。[4]

注釋

1 **仙遊觀**：在河南嵩山逍遙谷內，唐高宗為道士潘師正所建。

2 **五城樓**：皇帝築五城十二樓，此喻指仙遊觀。

3 **砧聲**：在搗衣石上搗衣的聲音。

4 **方外**：神仙居住的世外仙境。**丹丘**：神話中晝夜長明的神
　仙之地。

皇甫冉

714? － 767?

皇甫冉（714?－767?），字茂政，安定（今甘肅平涼）人，佔籍丹陽（今江蘇鎮江）。十歲能文，頗有清才。天寶末進士及第，授無錫尉。安史亂起，避難陽羨山中。大曆初河南節度使辟掌書記，後入為左金吾衛兵曹參軍，遷右補闕，奉使江表，卒於家。詩多送行酬贈之作，時帶離亂淒苦之調，然天機獨得，遠出情外。

春思

鶯啼燕語報新年，馬邑龍堆路幾千。[1]

家住層城鄰漢苑，心隨明月到胡天。[2]

機中錦字論長恨，樓上花枝笑獨眠。[3]

為問元戎竇車騎，何時返旆勒燕然？[4]

注釋

1 **馬邑**：今山西朔縣，漢與匈奴曾爭此城。

2 **層城**：在崑崙山頂，天帝居處，此喻京城。**苑**：皇帝宮苑。

3 **機中錦字**：前秦女子蘇蕙將織錦迴文詩寄給遭貶的丈夫竇
滔，以表相思之情。

4 **元戎**：主將，將軍。**竇車騎**：東漢車騎將軍竇憲，曾率兵
大破匈奴。**返旆**：班師回朝。**勒**：刻，指勒石紀功。**燕
然**：即今蒙古國杭愛山，竇憲勒石紀功處。

盧　綸

晚次鄂州 [1]

雲開遠見漢陽城，猶是孤帆一日程。[2]
估客晝眠知浪靜，舟人夜語覺潮生。[3]
三湘愁鬢逢秋色，萬里歸心對月明。[4]
舊業已隨征戰盡，更堪江上鼓鼙聲。[5]

注釋

1　鄂州：治夏口，即今湖北武漢武昌市。

2　漢陽：與鄂州隔長江相對，今屬湖北武漢。

3　估客：商人。舟人：船家。

4　三湘：湘江的瀟、烝、沅三支流，泛指湖南境。

5　鼓鼙：本指軍中所用大鼓小鼓，此代指戰爭。

柳宗元

登柳州城樓寄漳汀封連四州刺史 [1]

城上高樓接大荒，海天愁思正茫茫。[2]
驚風亂颭芙蓉水，密雨斜侵薜荔牆。[3]
嶺樹重遮千里目，江流曲似九迴腸。[4]
共來百粵文身地，猶是音書滯一鄉。[5]

注釋

1 柳州：今屬廣西，詩人於唐元和十年（815）遷柳州刺史。
   漳：今福建漳州。汀：今福建長汀。封：今廣東封川。
   連：今廣東連縣。四州刺史：依次為：韓泰、韓曄、陳
   諫、劉禹錫。

2 大荒：曠野。

3 驚風：狂風。颭：風吹使顫動。芙蓉：荷花。薜荔：也稱
   木蓮，一種蔓生植物。

4 江：指柳江。

5 百粵：指五嶺以南少數民族地區。

劉禹錫

西塞山懷古 [1]

王濬樓船下益州，金陵王氣黯然收。[2]
千尋鐵鎖沉江底，一片降幡出石頭。[3]
人世幾回傷往事，山形依舊枕寒流。
從今四海為家日，故壘蕭蕭蘆荻秋。[4]

注釋

1　**西塞山**：在今湖北黃石之東，三國時為吳國西部要塞。

2　**王濬**：西晉益州刺史，滅吳之戰的主要功臣。**益州**：晉時郡治在今四川成都。**金陵**：今江蘇南京，三國時為吳之國都。

3　**千尋**：極言其長，古八尺為尋。**鐵鎖**：吳國曾以鐵鎖鏈攔江，阻止晉船東下，被晉人用火燒熔。**降幡**：降旗。**石頭**：即石頭城，在今南京清涼山附近。

4　**四海為家**：指天下一統。

元　稹

779 — 831

　　元稹（779-831），字微之，河南（今河南洛陽）人。德宗貞元中明經及第，復書判拔萃科，授校書郎。憲宗元和初，授左拾遺，升為監察御史。後得罪宦官，貶江陵士曹參軍，轉通州司馬，調虢州長史。穆宗長慶初任膳部員外郎，轉祠部郎中知制誥，遷中書舍人、翰林學士。為相三月，出為同州刺史，改浙東觀察使。文宗大和中為尚書左丞，出為武昌節度使，卒於任所。與白居易倡導新樂府運動，所作樂府詩不及白氏樂府之尖銳深刻與通俗流暢，但在當時頗有影響，世稱"元白"。後期之作，傷於浮艷，故有"元輕白俗"之譏。

遣悲懷（三首）

其一

謝公最小偏憐女，自嫁黔婁百事乖。[1]
顧我無衣搜藎篋，泥他沽酒拔金釵。[2]
野蔬充膳甘長藿，落葉添薪仰古槐。[3]
今日俸錢過十萬，與君營奠復營齋。

注釋

1　謝公：指東晉宰相謝安，他最看重小女道韞，此以晉時才
　　女謝道韞代指自己的亡妻韋叢。黔婁：春秋時齊國寒士，
　　詩人自喻。

2　藎篋：用藎草染成黃色的小竹箱。泥：軟求。他：同
　　“她”，指韋叢。

3　藿：豆類作物的葉子。

其二

昔日戲言身後意，今朝都到眼前來。[1]
衣裳已施行看盡，針線猶存未忍開。[2]
尚想舊情憐婢僕，也曾因夢送錢財。
誠知此恨人人有，貧賤夫妻百事哀。

注釋

1　**身後意**：對死後的種種設想。
2　**行看盡**：眼看所剩無幾。

其三

閒坐悲君亦自悲，百年多是幾多時？
鄧攸無子尋知命，潘岳悼亡猶費辭。[1]
同穴窅冥何所望，他生緣會更難期。[2]
惟將終夜長開眼，報答平生未展眉。[3]

注釋

1 　鄧攸：晉河東太守，為保弟兒而自棄親子。**尋知命**：深知無兒是命中注定之事。**潘岳**：晉詩人，有悼亡詩三首追念亡妻。

2 　**窅冥**：渺茫，此反用《詩經》"死則同穴"義。

3 　**終夜長開眼**：徹夜不眠，亦暗合 "鰥" 字。鰥為大魚，魚目不合；又，男子無妻獨居為鰥，句中曲達鰥居思妻之意。

白居易

自河南經亂，關內阻饑，兄弟離散，各在一處。因望月有感，聊書所懷，寄上浮梁大兄、於潛七兄、烏江十五兄，兼示符離及下邽弟妹[1]

時難年荒世業空，弟兄羈旅各西東。

田園寥落干戈後，骨肉流離道路中。[2]

弔影分為千里雁，辭根散作九秋蓬。[3]

共看明月應垂淚，一夜鄉心五處同。

注釋

1 河南經亂：指貞元十五年（799）河南道境內發生的宣武軍、彰義軍叛亂，唐王朝曾分遣十六道兵馬去攻打。**關內**：指今陝西一帶。**浮梁**：今江西景德鎮。**大兄**：指白幼文，時任浮梁主簿。**於潛**：今浙江臨安一帶。**七兄**：白居易堂兄，時任於潛尉。**烏江**：今安徽和縣一帶。**十五兄**：白居易堂兄，時任烏江主簿。**符離**：今屬安徽宿州市。**下邽**：在今陝西渭南。

2　　**寥落**：荒疏冷落。**干戈**：本是兩種兵器，代指戰爭。

3　　**弔**：慰問，此謂形影相弔。**根**：指故園，句意謂兄弟四散
　　　如離根飛蓬。

李商隱

錦瑟[1]

錦瑟無端五十絃，一絃一柱思華年。[2]

莊生曉夢迷蝴蝶，望帝春心托杜鵑。[3]

滄海月明珠有淚，藍田日暖玉生煙。[4]

此情可待成追憶，只是當時已惘然。

注釋

1　錦瑟：裝飾華美的瑟，絃樂器。

2　無端：沒來由，轉意即為什麼。五十絃：傳古瑟五十絃，
　　後秦帝破為廿五絃。

3　莊生：指戰國莊周，曾以夢蝶辨境之虛實。望帝：傳為古
　　蜀帝杜宇之號，其魂化杜鵑鳥。

4　藍田：山名，在今陝西藍田，產美玉。

無題

　　昨夜星辰昨夜風，畫樓西畔桂堂東。[1]

　　身無彩鳳雙飛翼，心有靈犀一點通。

　　隔座送鉤春酒暖，分曹射覆蠟燈紅。[2]

　　嗟餘聽鼓應官去，走馬蘭台類轉蓬。[3]

注釋

1　　**畫樓**：雕樑畫棟之樓。**桂堂**：桂木所建屋室，與畫樓並喻宅之豪華。

2　　**送鉤**：傳鉤，分兩隊競猜的一種藏鉤遊戲。**射覆**：於覆器下置物令對方猜射。

3　　**鼓**：指更鼓。**應官**：上朝。**蘭台**：指秘書省，掌圖書秘籍，詩人時任秘書省正字。

隋宮 [1]

紫泉宮殿鎖煙霞，欲取蕪城作帝家。[2]

玉璽不緣歸日角，錦帆應是到天涯。[3]

於今腐草無螢火，終古垂楊有暮鴉。[4]

地下若逢陳後主，豈宜重問後庭花？[5]

注釋

1　隋宮：指隋煬帝楊廣在江都（今江蘇揚州）所建的行宮。

2　**紫泉**：紫淵，水紫色，在長安南，喻長安。**鎖煙霞**：喻冷
　落。**蕪城**：江都（今揚州），鮑照有《蕪城賦》。

3　**玉璽**：皇帝的玉印。**日角**：喻帝王面相。**錦帆**：以香錦製
　帆的龍舟，隋煬帝下江都所乘。

4　**螢火**：隋煬帝好夜遊，所到之處廣徵螢火，夜間遊山時放
　之，光照山谷。江都放螢院，傳為煬帝放螢之處。**垂楊**：
　指種於煬帝所鑿運河兩岸的垂柳，又稱"隋堤柳"。

5　**陳後主**：陳朝亡國之君，為隋所滅。**後庭花**：陳後主所作
　舞曲名，喻亡國之音。據《隋遺錄》稱：煬帝遊江都時曾
　夢與陳後主相遇，後主之妃張麗華為舞《玉樹後庭花》。

無題（二首）

其一

來是空言去絕蹤，月斜樓上五更鐘。

夢為遠別啼難喚，書被催成墨未濃。

蠟照半籠金翡翠，麝薰微度繡芙蓉。[1]

劉郎已恨蓬山遠，更隔蓬山一萬重。[2]

注釋

1　半籠：半映，謂燭光隱約照射。金翡翠：琉璃燈上的描金翠雀。麝：指麝香，雄麝香腺分泌物，是名貴香料。度：透過。繡芙蓉：繡芙蓉花的幔帳。

2　劉郎：指漢武帝劉徹，他有好神仙求長生事。蓬山：蓬萊山，海中神山，武帝遣方士求之而無驗。

其二

颯颯東風細雨來，芙蓉塘外有輕雷。[1]

金蟾齧鎖燒香入，玉虎牽絲汲井回。[2]

賈氏窺簾韓掾少，宓妃留枕魏王才。[3]

春心莫共花爭發，一寸相思一寸灰。

注釋

1　**輕雷**：喻車輪聲。

2　**金蟾**：蟾形的香爐。**鎖**：指香爐蟾口處管開合的小機關。
　　玉虎：井台上的轆轤。**絲**：指井繩。

3　**賈氏**：晉賈充之女，曾窺韓壽，後嫁之。**韓掾**：指韓壽，
　　貌美，充辟為掾。**宓妃**：洛水神，魏曹植有《洛神賦》。**留
　　枕**：宓妃屬意曹植，死後其枕輾轉入植手。**魏王**：指魏陳
　　思王曹植，人稱其才高八斗。

籌筆驛 [1]

魚鳥猶疑畏簡書，風雲常為護儲胥。[2]

徒令上將揮神筆，終見降王走傳車。[3]

管樂有才真不忝，關張無命欲何如。[4]

他年錦里經祠廟，梁父吟成恨有餘。[5]

注釋

1　籌筆驛：今名朝天驛，在今四川廣元縣。諸葛亮伐魏，曾於此籌劃軍事，草寫文書。

2　疑：恐怕，推測之詞。簡書：書於竹簡的軍中文書，《詩經·小雅·出車》：“豈不懷歸，畏此簡書。”儲胥：軍營的籬柵。

3　上將：主帥，指諸葛亮。降王：指蜀後主劉禪，史稱“輿櫬自縛”降魏。傳車：驛站專用的車輛，劉禪降後徙居洛陽。

4　管：管仲，春秋時佐齊桓公成就霸業的宰相。樂：樂毅，戰國時燕國名將，曾大敗強齊。真不忝：真不愧，諸葛亮常自比管仲、樂毅。關張：關羽、張飛，二人為蜀漢名將，最終俱慘死刀下。

5　錦里：即成都，城南建有武侯祠。梁父吟：史稱諸葛亮躬耕隴畝時好為《梁父吟》。

無題

相見時難別亦難，東風無力百花殘。

春蠶到死絲方盡，蠟炬成灰淚始乾。[1]

曉鏡但愁雲鬢改，夜吟應覺月光寒。[2]

蓬山此去無多路，青鳥殷勤為探看。[3]

注釋

1　絲：與 "思" 諧音，表相思。

2　月光寒：言夜已漸深。

3　蓬山：蓬萊山，傳說中的海上仙山。青鳥：傳為西王母使
者，後泛指信使。

春雨

悵臥新春白袷衣，白門寥落意多違。[1]
紅樓隔雨相望冷，珠箔飄燈獨自歸。[2]
遠路應悲春晼晚，殘宵猶得夢依稀。
玉璫緘札何由達，萬里雲羅一雁飛。[3]

注釋

1 　白袷衣：白色袷衣。

2 　珠箔：喻飄灑的雨點。

3 　玉璫：玉製耳珠，耳珠曰"璫"。雲羅：雲一樣的網羅，此
　　句為詩人自狀。

無題 （二首）

其一

鳳尾香羅薄幾重，碧文圓頂夜深縫。[1]
扇裁月魄羞難掩，車走雷聲語未通。[2]
曾是寂寥金燼暗，斷無消息石榴紅。[3]
斑騅只繫垂楊岸，何處西南待好風。[4]

注釋

1　**鳳尾香羅**：即鳳羅，一種輕薄華麗的絲質羅帳。

2　**扇裁**：用"裁成合歡扇，團團似明月"詩意。**月魄**：即月
　　亮，此以圓月狀團扇。

3　**金燼**：燈芯的餘火。**石榴紅**：指石榴花開時節。

4　**斑騅**：毛色青白相雜的馬。

其二

重幃深下莫愁堂，臥後清宵細細長。[1]

神女生涯原是夢，小姑居處本無郎。[2]

風波不信菱枝弱，月露誰教桂葉香。

直道相思了無益，未妨惆悵是清狂。

注釋

1　莫愁：傳為古代民女，南朝以來詩人多詠之。

2　神女：指巫山神女。據宋玉《高唐賦》、《神女賦》稱，楚
懷王遊雲夢而望高唐，夜夢神女，自稱朝雲；後宋玉將此
事述與襄王，襄王夢與神女成歡。"小姑"句：語出南朝樂
府《清溪小姑曲》："小姑所居，獨處無郎。"

溫庭筠

利州南渡 [1]

澹然空水對斜暉。曲島蒼茫接翠微。[2]

波上馬嘶看棹去，柳邊人歌待船歸。[3]

數叢沙草群鷗散，萬頃江田一鷺飛。

誰解乘舟尋范蠡，五湖煙水獨忘機。[4]

注釋

1. 利州：州治在今四川廣元，南臨嘉陵江。

2. 澹然：水波閃動的樣子。翠微：青翠的山色。

3. 棹：槳，代指船。

4. 范蠡：春秋時楚人，助越王滅吳後乘舟離去。五湖煙水：
   據《吳越春秋》稱：范蠡功成身退，乘扁舟出入三江五湖，
   人莫知其所適。

蘇武廟 [1]

蘇武魂消漢使前，古祠高樹兩茫然。
雲邊雁斷胡天月，隴上羊歸塞草煙。[2]
回日樓台非甲帳，去時冠劍是丁年。[3]
茂陵不見封侯印，空向秋波哭逝川。[4]

注釋

1　**蘇武**：漢武帝時人，使匈奴被羈多年而不屈，漢昭帝時始
　　被迎歸。

2　**雁斷**：指蘇武被羈留匈奴後與漢廷音訊隔絕。**胡**：指匈
　　奴。**隴**：隴關，此以隴關之外喻匈奴地。

3　**甲帳**：據《漢武故事》載，武帝以琉璃珠玉、天下奇珍為
　　甲帳，次第為乙帳；甲以居神，乙以自居。**冠劍**：指出使
　　時戴冠佩劍的裝束。**丁年**：丁壯之年，唐朝規定二十一至
　　五十九歲為丁。

4　**茂陵**：漢武帝陵，句謂蘇武歸時武帝已死。**逝川**：喻逝去
　　的時間，語出《論語・子罕》：“子在川上曰：逝者如斯夫。”
　　此指往事。

薛　逢
生卒年不詳

　　薛逢（生卒年不詳），字陶臣，蒲州（今
山西永濟）人。會昌初進士及第，授萬年尉，
又佐河中戎幕。崔鉉入相，引直弘文館，歷侍
御史、尚書郎。以謀略自高，持論鯁切，出為
巴、蓬、綿三州刺史，以太常少卿召還，官給
事中，終秘書監。詩多七律，弔古傷時，寫景
抒情，皆呈晚唐衰颯氣象。

宮詞

十二樓中盡曉妝，望仙樓上望君王。[1]
鎖啣金獸連環冷，水滴銅龍晝漏長。[2]
雲髻罷梳還對鏡，羅衣欲換更添香。[3]
遙窺正殿簾開處，袍袴宮人掃御牀。

注釋

1　**十二樓**：據稱黃帝築五城十二樓以候仙人。**望仙樓**：唐會
　　昌五年築於神策軍。

2　**水滴銅龍**：龍形的銅壺滴漏，為計時裝置。

3　**罷梳**：梳罷。

秦韜玉
生卒年不詳

　　秦韜玉（生卒年不詳），字仲明（一作中明），京兆（今陝西西安）人。乾符間入宦官田令孜神策軍幕，廣明初，隨僖宗入蜀。中和二年（882）特賜進士及第，為神策軍判官，任工部侍郎。其詩敘事抒情，深刻切直，或寫權貴誤國，或抒矛盾心理。反映出身為幕僚而不滿於幕僚的苦悶。

貧女

蓬門未識綺羅香，擬託良媒亦自傷。[1]

誰愛風流高格調，共憐時世儉梳妝。

敢將十指誇針巧，不把雙眉鬥畫長。[2]

苦恨年年壓金線，為他人作嫁衣裳。[3]

注釋

1 蓬門：蓬草編成的門，喻貧寒之家。綺羅香：經過薰香的
   綺羅，為高級絲織品。

2 鬥：競炫。

3 壓金線：指針黹女工。

樂府

沈佺期

獨不見[1]

盧家少婦鬱金堂，海燕雙棲玳瑁樑。[2]
九月寒砧催木葉，十年征戍憶遼陽。[3]
白狼河北音書斷，丹鳳城南秋夜長。[4]
誰謂含愁獨不見，更教明月照流黃。[5]

注釋

1 獨不見：樂府舊題，見《雜曲歌辭》。

2 盧家少婦：代指長安少婦，借梁武帝《河中之水歌》詩
   意："河中之水向東流，洛陽女兒名莫愁。……十五嫁為盧
   家婦，十六生兒字阿侯。盧家蘭室桂為樑，中有鬱金蘇合
   香。"海燕：燕子，多在樑上築巢。玳瑁：海龜屬，角質
   板可作裝飾品。

3　砧：搗衣石，匹練織成需搥搗脫膠方能染色。戍：駐守。

　　遼陽：指今遼寧省境，時為邊防要地。

4　白狼河：即今遼寧境內的大凌河。丹鳳城：喻京城長安。

5　流黃：雜色絲絹，古樂府《相逢行》："大婦織綺羅，中婦織流黃。"

卷五　五言絕句

王　維

鹿柴[1]

空山不見人，但聞人語響。
返景入深林，復照青苔上。[2]

注釋

1　**鹿柴**：詩人輞川別業的勝跡之一，別業在陝西藍田終南山
　　下，有輞水經過。

2　**返景**：謂日落時分，光線返照。

竹里館[1]

獨坐幽篁裡，彈琴復長嘯。[2]

深林人不知，明月來相照。

注釋

1　**竹里館**：輞川別業的勝跡之一，別業為詩人暮年隱居處。

2　**幽篁**：幽深靜謐的竹林，篁為竹的通稱。

送別

山中相送罷，日暮掩柴扉。

春草明年綠，王孫歸不歸？[1]

注釋

1 王孫：喻指遠行人。後兩句典出《楚辭·招隱士》："王孫
   遊兮不歸，春草生兮萋萋。"

相思

紅豆生南國，春來發幾枝？[1]
願君多採擷，此物最相思。[2]

注釋

1　紅豆：又名相思子，生於嶺南，子處莢中。**發幾枝**：又長
　　出幾枝。
2　採擷（xié 攜）：採摘。

雜詩

君自故鄉來，應知故鄉事。

來日綺窗前，寒梅著花未？[1]

注釋

1 來日：動身的時候。綺窗：雕飾精美的格子窗。著花：開
   花。

裴　迪
716－？

　　裴迪（716－？），關中（今陝西）人。
天寶後官蜀州刺史，曾為尚書省郎。早年與王
維、崔興宗友善，同居終南山，互相唱和；在
蜀與杜甫、李頎有過交遊。今存詩多寫山水景
色，境界幽寂，與王維山水詩相近。

送崔九 [1]

歸山深淺去，須盡丘壑美。

莫學武陵人，暫遊桃源裡。[2]

注釋

1　**崔九**：崔興宗，王維有《送崔九興宗遊蜀》等相關詩篇。

2　**武陵人**：武陵漁人，見陶淵明《桃花源記》。

祖　詠

終南望餘雪 [1]

終南陰嶺秀，積雪浮雲端。[2]
林表明霽色，城中增暮寒。[3]

注釋

1　　**終南**：秦嶺一峰，在今陝西西安南。

2　　**陰嶺**：山嶺背陽的北面，陰面。

3　　**林表**：林外，林梢之上。**霽色**：雨後的晴色。

孟浩然

宿建德江 [1]

移舟泊煙渚，日暮客愁新。[2]
野曠天低樹，江清月近人。[3]

注釋

1 **建德江**：新安江流經浙江建德的一段江面。
2 **移舟**：搖船。**煙渚**：暮色迷茫中的小洲。**客愁新**：旅途中
   新添的愁思。
3 **月**：指江中的月影。

春曉 [1]

春眠不覺曉，處處聞啼鳥。

夜來風雨聲，花落知多少。

注釋

1　曉：清晨。

李　白

夜思

牀前明月光，疑是地上霜。

舉頭望明月，低頭思故鄉。[1]

注釋

1　舉：抬。明月：一作“山月”。

怨情

美人捲珠簾，深坐顰蛾眉。[1]
但見淚痕濕，不知心恨誰。

注釋

1　顰蛾眉：皺眉，形容愁態。

杜　甫

八陣圖 [1]

功蓋三分國，名成八陣圖。[2]
江流石不轉，遺恨失吞吳。[3]

注釋

1　八陣圖：諸葛亮佈陣所遺，在今四川奉節西南永安宮遺址
　　前的沙洲上。

2　功蓋：謂諸葛亮佐蜀之功最著。三分國：三分天下的魏、
　　蜀、吳三國。

3　石不轉：陣圖聚石而成，夏沒於水而冬出。失吞吳：失策
　　而攻吳。

王之渙

688 - 742

　　王之渙（688－742），字季陵（一說“季
凌”），絳州（今山西新絳）人。曾任冀州衡水
主簿，被謗，辭官歸鄉，家居十五年。後為文
安尉，卒於任所。早年精於文章，工詩，樂工
多引為歌詞，名動一時，有旗亭畫壁故事。尤
善五言詩，以描寫邊塞風光為勝。

登鸛雀樓 [1]

白日依山盡，黃河入海流。

欲窮千里目，更上一層樓。

注釋

1　**鸛雀樓**：原在蒲州（今山西永濟）府城西南城上，時有鸛
雀樓之，故名。

劉長卿

送靈澈[1]

蒼蒼竹林寺，杳杳鐘聲晚。[2]
荷笠帶斜陽，青山獨歸遠。[3]

注釋

1　靈澈：著名詩僧，本姓湯，字澄源，生於會稽，與皎然友
　　善。

2　杳杳：隱約而遙遠。

3　荷：負，戴。

彈琴

泠泠七絃上，靜聽松風寒。[1]

古調雖自愛，今人多不彈。

注釋

1 　泠泠：狀清泠悅耳的琴聲。七絃：指琴，古琴有七絃。松
　　風：琴曲有《風入松》，亦指音響效果。

送上人 [1]

孤雲將野鶴，豈向人間住。

莫買沃洲山，時人已知處。[2]

注釋

1 上人：對僧人的敬稱。

2 沃洲山：在今浙江新昌東，道家稱十五福地。

韋應物

秋夜寄丘員外 [1]

懷君屬秋夜，散步詠涼天。[2]
空山松子落，幽人應未眠。[3]

注釋

1 **丘員外**：丘丹，嘉興人，曾任諸暨（今屬浙江）縣令、倉
   部員外郎等職，後隱居臨平山。

2 **屬**：正值。

3 **幽人**：隱居之人，指丘員外。

李　端
743 － 782

　　李端（743－782），字正已，趙郡（今河北趙縣）人。少居廬山，與道士交遊。大曆五年（770）進士及第，授秘書省校書郎。後因事貶為杭州司馬。辭官隱居衡山，自號"衡岳幽人"。為"大曆十才子"之一。詩多應酬之作，雖善於取喻，卻少含蓄，情調亦較低沉，見出盛唐向中唐轉變的詩風。

聽箏

鳴箏金粟柱，素手玉房前。[1]
欲得周郎顧，時時誤拂絃。[2]

注釋

1　**金粟**：謂絃柱金飾如粟，喻箏之華美。**玉房**：彈箏人居處
　　的美稱。

2　**周郎**：三國時吳帥周瑜，美儀容而通音樂。《三國志》本傳
　　載："雖三爵之後，其（樂）有闕誤，瑜必知之。知之必顧，
　　故時人謠曰：'曲有誤，周郎顧。'"

王　建

約 766 - 831?

　　王建（約 766-831?），字仲初，潁川（今河南許昌）人。大曆進士。曾寓居魏州鄉間，貞元中辭家從軍，北至幽州，南抵荊州。元和中任昭應縣丞，後歷任太府寺丞、秘書郎，遷侍御史，出為陝州司馬，轉光州刺史。與張籍"年狀皆齊"，又是詩友，時稱"張王"，皆為新樂府運動先導，能繼承古樂府哀時托興精神，即事名篇，自立新題，體現為時為事而作的宗旨。

新嫁娘

三日入廚下，洗手作羹湯。

未諳姑食性，先遣小姑嘗。[1]

注釋

1　未諳：不熟悉。

權德輿

759 - 818

權德輿（759-818），字載之，天水略陽（今甘肅天水）人。德宗朝徵為太常博士，轉左補闕，後為起居舍人兼知制誥，遷中書舍人。憲宗朝拜禮部尚書，同中書門下平章事，出為山南西道節度使。四歲能詩，十五為文，名聲大振，老不廢書。詩多應制酬贈之作，然文雅醞藉，自然風流。

玉台體 [1]

昨夜裙帶解，今朝蟢子飛。[2]

鉛華不可棄，莫是藁砧歸？[3]

注釋

1　**玉台體**：即文詞纖艷的詩歌。南朝陳徐陵編有《玉台新詠》
　　一書，多錄艷歌，後把內容風格與之近似的詩作稱為"玉
　　台體"。

2　**蟢子**：長腳小蜘蛛，俗以蟢（喜）為瑞兆。

3　**鉛華**：鉛粉，女子化妝用品。**莫是**：莫不是。**藁砧**：丈夫
　　的代稱，藁砧本是鍘刀的墊座，鍘草或藁（稻稈）時將鈇
　　按下。鈇與"夫"諧音，故以藁砧代"夫"。

柳宗元

江雪

千山鳥飛絕，萬徑人蹤滅。[1]
孤舟蓑笠翁，獨釣寒江雪。[2]

注釋

1　蹤：蹤跡。
2　蓑笠翁：披蓑衣、戴斗笠的漁翁。

元　稹

行宮 [1]

寥落故行宮，宮花寂寞紅。[2]
白頭宮女在，閒坐說玄宗。[3]

注釋

1　行宮：皇帝在京城外所設的離宮。
2　寥落：寂寞冷落。
3　玄宗：即唐明皇李隆基。在位期間開創了唐王朝的全盛局
　　面，史稱"開元盛世"。

白居易

問劉十九 [1]

綠蟻新醅酒，紅泥小火爐。[2]
晚來天欲雪，能飲一杯無？

注釋

1. **劉十九**：河南登封人，名未詳，時在江州隱居，故與任江州司馬的白居易相識。
2. **綠蟻**：形容浮在新釀米酒液面上的綠色菌絲。**醅**：未經過濾的酒。

張　祜

約 785 － 849?

　　張祜（約 785－849?），字承吉，清河（今
屬河北）人，一作南陽（今屬河南）人。舉進
士不第。元和間以樂府宮詞著稱。然南北奔走
三十年，投詩求薦，終未獲官。至文宗朝始由
天平軍節度使薦入京，復被壓制。會昌五年
（845）投奔池州刺史杜牧，受厚遇，而年已遲
暮。後隱居於曲阿。其詩或感傷時世，或歌詠
從軍，猶存風骨；其宮詞寫宮女幽怨之情，亦
有所感而發。

何滿子 [1]

故國三千里，深宮二十年。[2]

一聲何滿子，雙淚落君前。[3]

注釋

1　何滿子：古曲名，唐時宮人配以舞。

2　故國：故鄉。

3　君：君王。

李商隱

登樂遊原 [1]

向晚意不適，驅車登古原。[2]
夕陽無限好，只是近黃昏。

注釋

1　**樂遊原**：在長安東南，地勢高而視野開闊，望城內瞭如指
　　掌，為京師遊樂勝地。

2　**意不適**：心情不舒暢。**古原**：指樂遊原，西漢宣帝時即於
　　原上立樂遊廟。

賈　島

779 － 843

賈島（779－843），字浪仙，范陽（今涿州）人。早年出家為僧，法名無本。後還俗，屢試不第。被譏為科場"十惡"。文宗開成二年（837）被謗，責為遂州長江主簿。後遷普州司倉參軍，卒於任所。曾以詩投韓愈，與孟郊、張籍等詩友唱酬，詩名大振。其為詩多描摹風物，抒寫閒情，詩境平淡，而造語費力，是苦吟派詩人。

尋隱者不遇

松下問童子，言師採藥去。

只在此山中，雲深不知處。[1]

注釋

1　雲深：林深，因多雲霧，故云。**處**：行蹤，所在。

李　頻

生卒年不詳

　　李頻（生卒年不詳），字德新，睦州壽昌（今屬浙江）人。宣宗大中八年（854）進士，授秘書郎，為南陵主簿，遷武功令。拜侍御史，累遷都官員外郎，旋改建州刺史，卒於官。能以禮法治下，父老敬之，為立廟於梨山。少以詩著稱，慕姚合詩名，千里往訪，備受稱賞，並妻之以女。與錢起、顧況並為詩壇"一時巨擘"。其詩五律居多，旨尚騷雅，而雕琢過力。

渡漢江 [1]

嶺外音書絕，經冬復立春。[2]

近鄉情更怯，不敢問來人。

注釋

1　此詩作者應是宋之問。**漢江**：即漢水，源出陝西，經湖北
　　至武漢匯入長江。

2　**嶺外**：五嶺之外，指兩廣地區。

金昌緒

生卒年不詳

　　金昌緒（生卒年不詳），餘杭（今浙江杭州）人。生平未詳，《全唐詩》僅錄存其詩一首。

春怨

打起黃鶯兒，莫教枝上啼。

啼時驚妾夢，不得到遼西。[1]

注釋

1　　遼西：指唐遼西戍，在今承德錦州之間。

西鄙人

　　西鄙人，西部邊疆的人民，此指《哥舒歌》
作者與歌者。

哥舒歌 [1]

北斗七星高，哥舒夜帶刀。

至今窺牧馬，不敢過臨洮。[2]

注釋

1　**哥舒**：唐邊將哥舒翰，突厥族，曾大敗吐蕃。

2　**窺**：窺探、偵察。**牧馬**：指犯邊胡騎。**臨洮**：今甘肅岷縣，秦築長城西起於此。

樂府

崔　顥

長干行 [1]（二首）

其一

君家何處住，妾住在橫塘。[2]
停船暫借問，或恐是同鄉。

注釋

1　長干行：又作"長干曲"，樂府舊題，屬《雜曲歌辭》。長
　　干，古建康（今南京）里巷名。
2　橫塘：在今江蘇南京城西南。

其二

家臨九江水，來去九江側。[1]
同是長干人，生小不相識。[2]

注釋

1　九江：今屬江西。
2　長干：古建康（今南京）里巷名。生小：自小。

李　白

玉階怨 [1]

玉階生白露，夜久侵羅襪。[2]
卻下水精簾，玲瓏望秋月。[3]

注釋

1　　玉階怨：樂府舊題，屬《相和歌・楚調曲》。

2　　羅襪：絲織物做的襪子。

3　　卻下：還下，放下。水精：即水晶。

盧綸

塞下曲 [1] （四首）

其一

鷲翎金僕姑，燕尾繡蝥弧。[2]
獨立揚新令，千營共一呼。

注釋

1　**塞下曲**：唐代樂府名，出於漢樂府《出塞》、《入塞》，屬
　　《橫吹曲辭》。

2　**鷲**：大鵰，鷹屬。**金僕姑**：箭名。**燕尾**：旗幟形似燕尾的
　　部分，多以帛續之。**蝥弧**：此指繡在旗幟上的一種紋樣。

其二

林暗草驚風，將軍夜引弓。
平明尋白羽，沒在石稜中。[1]

注釋

1　平明：天剛亮時。白羽：指尾縛白羽毛的箭，詩用漢將李
廣事，《史記·李將軍列傳》："廣出獵，見草中石，以為虎
而射之，中石沒鏃。"

其三

月黑雁飛高，單于夜遁逃。[1]
欲將輕騎逐，大雪滿弓刀。

注釋

1　單于：漢匈奴首領的稱謂，代指犯邊敵首。

其四

野幕敞瓊筵，羌戎賀勞旋。[1]
醉和金甲舞，雷鼓動山川。[2]

注釋

1　羌戎：古族名，此泛指西北各族。
2　雷鼓：祀天神用的八面鼓，兼謂鼓聲如雷。

李　益

江南曲 [1]

嫁得瞿塘賈，朝朝誤妾期。[2]
早知潮有信，嫁與弄潮兒。[3]

注釋

1　江南曲：樂府《相和曲》名。

2　瞿塘：長江三峽之一，在今四川奉節東。賈：商人。

3　潮有信：潮水漲落有一定時間，稱"潮信"。

卷六　七言絕句

賀知章

約 659 —約 744

　　賀知章（約 659—約 744），字季真，越州永興（今浙江蕭山）人。武后證聖元年（695）進士，舉超拔群類科，授國子監四門博士，遷太常博士。玄宗開元年間，歷任太常少卿、禮部侍郎、集賢院學士、太子右庶子充侍讀、工部侍郎、秘書監員外，官終太子賓客、秘書監。天寶三載請為道士，乞歸鄉里。詔賜鏡湖剡川一曲。為“吳中四士”之一，晚年縱誕，自號“四明狂客”。詩以絕句為佳，不尚藻飾，無意求工，而時有巧思與新意。

回鄉偶書

少小離家老大回，鄉音無改鬢毛衰。[1]

兒童相見不相識，笑問客從何處來。

注釋

1　**鬢毛衰**：兩鬢頭髮已經斑白稀疏。

張　旭

生卒年不詳

張旭（生卒年不詳），字伯高，吳郡（今江蘇蘇州）人。曾任常熟尉，又任左衛率府長史，世稱“張長史”。以書法著名，常醉後狂書，時號“張顛”。文宗時，詔以李白詩歌、裴旻劍舞、張旭草書為“三絕”。其絕句構思婉曲，寫景幽深。

桃花溪 [1]

隱隱飛橋隔野煙，石磯西畔問漁船。 [2]
桃花盡日隨流水，洞在清溪何處邊？ [3]

注釋

1　**桃花溪**：據《清一統志》稱，湖南常德府桃源縣西南有桃
　　源洞，洞北有桃花溪。

2　**飛橋**：凌空架設的高橋。**石磯**：水邊突出的石堆。

3　**洞**：指桃源洞，見陶淵明《桃花源記》。

王 維

九月九日憶山東兄弟 [1]

　　獨在異鄉為異客，每逢佳節倍思親。
　　遙知兄弟登高處，遍插茱萸少一人。[2]

注釋

1　九月九日：即重陽節。**山東**：指華山以東，詩人時在長
　　安，以"山東"代指故鄉蒲（今山西永濟）地。

2　登高：重陽節民間有登高避邪習俗。**茱萸**：藥性植物，重
　　九俗以結子茱萸枝插頭。

王昌齡

芙蓉樓送辛漸[1]

寒雨連江夜入吳，平明送客楚山孤。[2]
洛陽親友如相問，一片冰心在玉壺。[3]

注釋

1　**芙蓉樓**：原名西北樓，唐晉王李恭為潤州刺史時改為芙蓉樓，遺址在今江蘇鎮江。

2　**平明**：天剛亮時。**楚山**：指鎮江一帶的山。

3　**冰心**：喻心地瑩潔。鮑照詩："清如玉壺冰。"

閨怨

閨中少婦不知愁，春日凝妝上翠樓。[1]
忽見陌頭楊柳色，悔教夫婿覓封侯。

注釋

1　閨：指閨房。凝妝：盛妝。翠樓：指少婦居處。

春宮曲

昨夜風開露井桃，未央前殿月輪高。[1]
平陽歌舞新承寵，簾外春寒賜錦袍。[2]

注釋

1　未央：漢宮殿名，此喻唐皇宮。

2　**平陽歌舞**：指漢平陽侯家歌女衛子夫。**賜錦袍**：喻承寵，
　　以漢武寵衛子夫喻當朝。

王 翰

生卒年不詳

王翰（生卒年不詳），字子羽，并州晉陽（今山西太原）人。睿宗景雲初進士，玄宗開元八年（720）舉直言極諫、超拔群類科，授昌樂尉，擢通事舍人，遷駕部員外郎。出為汝州長史，貶仙州別駕，再貶道州司馬。卒於任所。少豪放不羈，喜遊樂飲酒，能歌能舞。以詩知名，為晚輩如杜甫所推重。其詩以絕句擅長，爽朗流麗。

涼州詞 [1]

葡萄美酒夜光杯，欲飲琵琶馬上催。[2]

醉臥沙場君莫笑，古來征戰幾人回？

注釋

1 涼州詞：唐樂府名，屬《近代曲辭》。涼州，治姑臧，即今
甘肅武威。

2 夜光杯：西域獻周穆王的白玉杯，光明夜照。

李白

黃鶴樓送孟浩然之廣陵 [1]

故人西辭黃鶴樓，煙花三月下揚州。[2]
孤帆遠影碧空盡，惟見長江天際流。[3]

注釋

1　**黃鶴樓**：在今湖北武昌黃鶴磯上，下臨長江。**孟浩然**：與
　作者同時的著名詩人。**廣陵**：即今江蘇揚州。

2　**煙花**：春氣中的繁花。

3　**碧空盡**：謂船消失在天水相接的遠方。

早發白帝城 [1]

朝辭白帝彩雲間，千里江陵一日還。[2]
兩岸猿聲啼不住，輕舟已過萬重山。

注釋

1   白帝城：在今四川奉節之東瞿塘峽口。
2   江陵：故楚郢都，今屬湖北。句出《水經注》：「有時朝發
    白帝，暮到江陵，其間千二百里，雖乘奔御風，不以疾
    也。」

岑　參

逢入京使

故園東望路漫漫，雙袖龍鍾淚不乾。[1]
馬上相逢無紙筆，憑君傳語報平安。[2]

注釋

1　**故園**：指長安。**龍鍾**：沾濡濕潤。
2　**憑**：託。

杜　甫

江南逢李龜年 [1]

岐王宅裡尋常見，崔九堂前幾度聞。[2]
正是江南好風景，落花時節又逢君。

注釋

1　**李龜年**：唐玄宗時的著名樂工。安史亂後，流落江南。

2　**岐王**：唐玄宗弟李範，封為岐王。**崔九**：指崔滌，與玄宗
　　款密，時為殿中監。

韋應物

滁州西澗 [1]

獨憐幽草澗邊生，上有黃鸝深樹鳴。[2]
春潮帶雨晚來急，野渡無人舟自橫。[3]

注釋

1 　滁州：治所即今安徽滁州市。**西澗**：俗稱上馬河，在滁州
　　城西。

2 　**幽草**：背陰處深密的草。**深樹**：枝葉茂密的樹。

3 　**舟自橫**：言野渡人稀，渡船閒放。

張　繼

? －約 779

張繼（？－約 779），字懿孫，南陽（今屬河南）人。天寶十二載（753）進士及第。至德間為監察御史。大曆中在武昌任職，後以檢校祠部員外郎，在洪州分掌財賦，任租庸使、轉運使判官，卒於任所。其詩關切時事，爽利激越，事理雙切，寄興遙深。

楓橋夜泊 [1]

月落烏啼霜滿天，江楓漁火對愁眠。[2]
姑蘇城外寒山寺，夜半鐘聲到客船。[3]

注釋

1　**楓橋**：在今江蘇蘇州西郊。

2　**漁火**：漁船上的燈火。

3　**姑蘇**：今江蘇蘇州。**寒山寺**：舊說在姑蘇城西十里楓橋東。

韓翃

寒食 [1]

春城無處不飛花，寒食東風御柳斜。[2]
日暮漢宮傳蠟燭，輕煙散入五侯家。[3]

注釋

1 　**寒食**：寒食節，在清明前一日。

2 　**御柳**：御苑之柳。

3 　**傳蠟燭**：《西京雜記》謂禁火日賜侯家蠟燭。**五侯**：漢桓帝同日封五宦官為侯，此指近臣。

劉方平
生卒年不詳

劉方平（生卒年不詳），河南（今河南洛陽）人。不樂仕進，汴國公李勉延致齋中，甚敬愛之，欲薦之於朝，終不肯出，還歸舊隱潁陽大谷。工詞賦，與皇甫冉、李頎等時相贈答。詩以五七絕見長，語淺而意深。

月夜

更深月色半人家，北斗闌干南斗斜。[1]
今夜偏知春氣暖，蟲聲新透綠窗紗。[2]

注釋

1 闌干：橫斜的樣子，夜深之象。南斗：二十八宿之一，在
　　北斗之南，有六星。

2 新透：初透。

春怨

紗窗日落漸黃昏，金屋無人見淚痕。[1]
寂寞空庭春欲晚，梨花滿地不開門。

注釋

1　金屋：華麗宮室，用漢武帝金屋藏嬌的故事。

柳中庸
生卒年不詳

柳中庸（生卒年不詳），名淡，以字行，河東（今山西永濟）人，出柳宗元之族。官洪州戶曹。蕭穎士以女妻之。與弟中行並有文名。今存其詩十三首，以寫邊塞征怨詩著稱，然意氣消沉，無復盛唐氣象。

征人怨

歲歲金河復玉關，朝朝馬策與刀環。[1]
三春白雪歸青冢，萬里黃河繞黑山。[2]

注釋

1　金河：在今內蒙古境內，流入黃河。**馬策**：馬鞭。**刀環**：
　　刀頭的環，喻征戰事。
2　**三春**：春季的三個月。**青冢**：漢王昭君墓，在今內蒙古呼
　　和浩特之南。**黑山**：在今內蒙古。

顧　況

726? － 806?

　　顧況（726?－806?），字逋翁，蘇州（今
屬浙江）人。至德二載（757）進士，貞元中
任校書郎，轉著作郎，以嘲諷權貴，貶為饒州
司戶參軍。晚年隱居於潤州延陵茅山，自署
"華陽山逸"（一說"華陽山隱"）。能詩能畫，
善畫山水，詩則平易流暢，多反映時弊。語言
不避俚俗，時雜口語，實開新樂府之先河。

宮詞

玉樓天半起笙歌，風送宮嬪笑語和。[1]
月殿影開聞夜漏，水晶簾捲近秋河。[2]

注釋

1　**宮嬪**：宮女。
2　**聞夜漏**：夜聽滴漏之聲，喻夜深。

李　益

夜上受降城聞笛 [1]

回樂峰前沙似雪，受降城外月如霜。[2]
不知何處吹蘆管，一夜征人盡望鄉。[3]

注釋

1　　受降城：唐有三受降城，俱在今內蒙境內。

2　　回樂峰：在今寧夏靈武西南。

3　　蘆管：笛子。

劉禹錫

烏衣巷 [1]

朱雀橋邊野草花，烏衣巷口夕陽斜。[2]
舊時王謝堂前燕，飛入尋常百姓家。[3]

注釋

1 **烏衣巷**：故址在今南京南城，與朱雀橋相近。三國時為吳
    國軍營，士兵著黑衣，稱烏衣營；晉時為王導、謝安等豪
    門世族居處。

2 **朱雀橋**：在朱雀門外秦淮河上，今南京城外。花：此為開
    花之意，作動詞。

3 **王謝**：東晉時左右朝廷的兩姓豪門望族。

春詞

　　新妝宜面下朱樓，深鎖春光一院愁。[1]
　　行到中庭數花朵，蜻蜓飛上玉搔頭。[2]

注釋

1　　宜面：指均勻地化妝。
2　　玉搔頭：玉簪，可用來搔頭。

白居易

宮詞

淚盡羅巾夢不成，夜深前殿按歌聲。[1]

紅顏未老恩先斷，斜倚薰籠坐到明。[2]

注釋

1 **淚盡**：猶淚濕，濕透。

2 **恩**：指皇帝的寵幸。**薰籠**：薰香的竹籠，覆香爐上。

張　祐

贈內人 [1]

禁門宮樹月痕過，媚眼唯看宿鷺窠。[2]
斜拔玉釵燈影畔，剔開紅焰救飛蛾。[3]

注釋

1　內人：大內（皇宮）中人，指宮女。

2　禁門：宮門。

3　紅焰：指燭火。

集靈台 [1] (二首)

其一

日光斜照集靈台，紅樹花迎曉露開。
昨夜上皇新授籙，太真含笑入簾來。 [2]

注釋

1　集靈台：在華清宮長生殿側。
2　上皇：指唐玄宗。籙：道籙，道教的秘密文書。太真：玄宗寵妃楊玉環，為女道士時號太真。

其二

虢國夫人承主恩，平明騎馬入宮門。 [1]
卻嫌脂粉污顏色，淡掃蛾眉朝至尊。 [2]

注釋

1 **虢國夫人**：楊貴妃之姊的封號。

2 **淡掃蛾眉**：《楊太真外傳》稱："虢國不施脂粉，自衒美艷，
常素面朝天。"

題金陵渡 [1]

金陵津渡小山樓，一宿行人自可愁。[2]

潮落夜江斜月裡，兩三星火是瓜州。[3]

注釋

1　**金陵渡**：潤州（今屬江蘇鎮江）的過江渡口，在長江南岸。

2　**小山樓**：詩人寄宿處。

3　**瓜州**：在金陵渡對岸，今揚州南。

朱慶餘

生卒年不詳

朱慶餘（生卒年不詳），名可久，以字行，越州（今浙江紹興）人。穆宗長慶中，以張籍讚賞得名。敬宗寶曆二年（826）進士及第。詩多五律，以刻畫景物見長。七言律絕亦含蓄有味。

宮中詞

寂寂花時閉院門，美人相並立瓊軒。[1]
含情欲說宮中事，鸚鵡前頭不敢言。

注釋

1　**瓊軒**：對迴廊的美稱。

近試上張水部 [1]

洞房昨夜停紅燭，待曉堂前拜舅姑。[2]
妝罷低聲問夫婿，畫眉深淺入時無？[3]

注釋

1　**近試**：臨近進士考試的試期。**張水部**：張籍，曾任水部郎
　　中，此詩借閨房情事探問主考官對自己文章的印象。

2　**舅姑**：公婆。

3　**夫婿**：指丈夫。**畫眉**：描飾眉毛。

杜　牧

將赴吳興登樂遊原 [1]

清時有味是無能，閒愛孤雲靜愛僧。[2]
欲把一麾江海去，樂遊原上望昭陵。[3]

注釋

1　**吳興**：今屬浙江，唐時設吳興郡，後改稱湖州。**樂遊原**：
　　在長安城南，地勢高敞，唐時為登覽勝地。
2　**清時**：清平盛世。
3　**一麾**：典出"一麾出守"，此指赴湖州刺史任。**昭陵**：唐太
　　宗陵墓，在今陝西醴泉。

赤壁 [1]

折戟沉沙鐵未銷，自將磨洗認前朝。[2]
東風不與周郎便，銅雀春深鎖二喬。[3]

注釋

1　**赤壁**：在今湖北赤壁市西北長江南岸，相傳為三國時吳蜀
　　聯軍火燒魏軍處。

2　**折戟沉沙**：斷戟沒入沙中。**將**：拿起。

3　**東風**：指吳蜀聯軍借東風火攻曹操事。**周郎**：吳軍統帥周
　　瑜。**銅雀**：台名，魏曹操所建，頂上飾有大銅雀。**二喬**：
　　喬玄兩女。大歸孫策，小嫁周瑜。

泊秦淮 [1]

煙籠寒水月籠沙，夜泊秦淮近酒家。

商女不知亡國恨，隔江猶唱後庭花。[2]

注釋

1　**秦淮**：秦淮河，源出溧水，流經今南京入長江。

2　**商女**：賣唱的歌女。**後庭花**：即《玉樹後庭花》，陳後主所
　　作曲名，後以為亡國之音。

寄揚州韓綽判官 [1]

青山隱隱水迢迢，秋盡江南草未凋。[2]
二十四橋明月夜，玉人何處教吹簫。[3]

注釋

1　揚州：今屬江蘇，唐時為淮南節度使駐地。韓綽：生平未
　　詳。判官：節度使下的屬官，杜牧曾任淮南節度使掌書
　　記，韓綽與詩人當作過同僚。

2　迢迢：遙遠。

3　二十四橋：即吳家磚橋，又名紅藥橋，一說揚州有二十四
　　座橋。玉人：美人，古有廿四美人在紅藥橋吹簫事。

遣懷

落魄江湖載酒行，楚腰纖細掌中輕。[1]
十年一覺揚州夢，贏得青樓薄倖名。[2]

注釋

1 **落魄**：潦倒。**楚腰**：楚靈王好細腰之人，此喻女子。
2 **青樓**：歌館妓院。

秋夕 [1]

銀燭秋光冷畫屏，輕羅小扇撲流螢。[2]
天街夜色涼如水，臥看牽牛織女星。[3]

注釋

1. **秋夕**：一題作《七夕》，詩詠七夕事。

2. **銀燭**：言燭光色白，有寒意。**輕羅**：輕薄的羅紗，絲織物。**流螢**：飛動的螢火蟲。

3. **天街**：宮中道路。**牽牛織女星**：兩星座名，各在銀河東西。民間傳説將二星擬人化，言夫妻二人在七夕之夜始得度鵲橋相會。

贈別（二首）

其一

娉娉裊裊十三餘，豆蔻梢頭二月初。[1]
春風十里揚州路，捲上珠簾總不如。

注釋

1　**娉娉裊裊**：姣好柔美的樣子。**十三餘**：十三四歲。**豆蔻**：
　　草名，春末開花，此喻妙齡少女。**二月初**：豆蔻花含苞待
　　放之時。

其二

多情卻似總無情，惟覺樽前笑不成。[1]
蠟燭有心還惜別，替人垂淚到天明。

注釋

1　**樽**：酒杯。

金谷園 [1]

繁華事散逐香塵，流水無情草自春。

日暮東風怨啼鳥，落花猶似墜樓人。[2]

注釋

1　**金谷園**：西晉石崇建於洛陽金谷洞中的別業，故址在今河南洛陽東北。

2　**墜樓人**：指綠珠，晉石崇愛妾。孫秀索綠珠不得，矯詔收崇。崇正宴於樓上，謂綠珠曰：“我今為爾得罪。”綠珠泣曰：“當效死於官前。”遂自投樓下而死。

李商隱

夜雨寄北

君問歸期未有期，巴山夜雨漲秋池。[1]
何當共剪西窗燭，卻話巴山夜雨時。[2]

注釋

1　巴山：在今四川，綿亘數百里，東接三峽。
2　**共剪西窗燭**：在西窗下共剪燭芯。**卻話**：回頭説起。

寄令狐郎中 [1]

嵩雲秦樹久離居，雙鯉迢迢一紙書。[2]
休問梁園舊賓客，茂陵秋雨病相如。[3]

注釋

1　令狐郎中：令狐楚之子令狐綯，曾任右司郎中。

2　嵩：嵩山，在今河南登封。秦：秦川，指今陝西渭水平
　　原，古為秦地。雙鯉：指書信，魚書典出漢樂府，《飲馬長
　　城窟行》："客從遠方來，遺我雙鯉魚。呼兒烹鯉魚，中有
　　尺素書。"

3　梁園：西漢文帝第二子劉武所建園林，故址在今河南商
　　丘。舊賓客：指司馬相如，他曾在梁園做過門客。茂陵：
　　漢武帝陵，在今陝西興平，司馬相如晚年家居茂陵。

為有

為有雲屏無限嬌，鳳城寒盡怕春宵。[1]
無端嫁得金龜婿，辜負香衾事早朝。[2]

注釋

1　雲屏：飾以雲母的屏風。鳳城：指京城。

2　衾：被子。

隋宮 [1]

乘興南遊不戒嚴，九重誰省諫書函？[2]
春風舉國裁宮錦，半作障泥半作帆。[3]

注釋

1 隋宮：指隋煬帝在江都（今江蘇揚州）所建行宮。

2 九重：相傳天有九重，此喻皇宮。諫書函：函封的諫書。
   大業十二年，隋煬帝三下江都，奉信郎崔民象上書諫阻，
   被煬帝割去兩頰後斬殺。

3 障泥：馬鞍兩側遮擋泥土的飾物。

瑤池[1]

瑤池阿母綺窗開，黃竹歌聲動地哀。

八駿日行三萬里，穆王何事不重來？[2]

注釋

1　瑤池：傳說在崑崙山，為西王母所居之地。據《穆天子傳》
　　稱：周穆王曾到瑤池與西王母歡飲。別時王母作歌，希望
　　周穆王能再來，周穆王答歌，約定三年後重來。

2　**八駿**：穆王有赤驥、驊騮、騄耳等八匹駿馬。**穆王**：周天
　　子，乘八駿周遊天下。

嫦娥 [1]

雲母屏風燭影深，長河漸落曉星沉。[2]

嫦娥應悔偷靈藥，碧海青天夜夜心。[3]

注釋

1. **嫦娥**：神話傳説中的月宮仙女。因偷吃了丈夫后羿從西王母那裡求來的不死之藥，故升入月宮。

2. **深**：暗。**長河**：指銀河。

3. **夜夜心**：謂夜夜都在嘆恨，不能成眠。

賈生 [1]

宣室求賢訪逐臣，賈生才調更無倫。[2]
可憐夜半虛前席，不問蒼生問鬼神。[3]

注釋

1　**賈生**：即賈誼，西漢初期政治家。曾提出過不少鞏固疆
　　土、加強中央集權的政治主張，後被貶為長沙王太傅。

2　**宣室**：漢末央宮前殿的正室。**逐臣**：被貶之臣，賈誼被貶
　　後，漢文帝曾將他召還，問事於宣室。**才調**：才華氣格。

3　**可憐**：可惜，可嘆。**蒼生**：百姓。**問鬼神**：事見《史記·
　　屈原賈生列傳》，文帝接見賈誼，"問鬼神之本。賈生因具
　　道所以然之狀。至夜半，文帝前席"。

溫庭筠

瑤瑟怨

冰簟銀牀夢不成，碧天如水夜雲輕。[1]
雁聲遠過瀟湘去，十二樓中月自明。[2]

注釋

1　冰簟：清涼的竹蓆。
2　瀟湘：二水名，在今湖南境，此代指楚地。

鄭 畋
約823－約885

　　鄭畋（約823－約885），字台文，滎陽
（今屬河南）人。會昌登進士第，初為宣武推
官，以書判拔萃，授渭南尉，入為翰林學士，
遷中書舍人。僖宗時以兵部侍郎進同平章事，
因事罷為太子賓客。黃巢起義，時為鳳翔節度
使，先諸軍破義軍，後召行在，拜司空、門下
侍郎、平章事。及僖宗復國，授太子太保，罷
政事。今存詩十六首，多七言絕句，音調流
利，而意氣不揚。

馬嵬坡 [1]

玄宗回馬楊妃死，雲雨難忘日月新。[2]

終是聖明天子事，景陽宮井又何人？[3]

注釋

1. **馬嵬坡**：即馬嵬驛，在今陝西興平市西，為楊貴妃縊死
   處。安史亂起，唐玄宗西逃。途經馬嵬時將士譁變，楊國
   忠被誅，楊貴妃也勢在不保，玄宗被迫同意讓她自盡。

2. **回馬**：指唐玄宗由蜀地返回長安。**雲雨**：指男女之事，典
   出宋玉《高唐賦》。

3. **景陽宮井**：故址在今江蘇南京玄武湖邊，此詠陳後主事。
   隋兵入城後，陳後主攜寵妃張麗華及孔貴嬪出景陽殿，入
   宮井中躲避，終於井中被捉。

韓偓

約 842 - 923

　　韓偓（約 842-923），字致堯（一作致光），小字冬郎，京兆萬年（今陝西西安）人。昭宗龍紀初進士及第，入河中節度使幕府，召拜左拾遺，累遷左諫議大夫。以平宮廷政變有功，升翰林學士，遷中書舍人。隨駕至鳳翔，授兵部侍郎、翰林學士承旨。天復三年（903）得罪朱溫，迭貶濮州司馬、榮懿尉、鄧州司馬。棄官南下，入閩依王審知，定居南安。十歲能詩，雛鳳清聲，為李商隱所讚賞。詩或寫宮廷生活，或寫山水景色，類皆常有盛衰之感。所傳《香奩集》多寫閨情，綺麗側艷，有宮體遺風。

已涼

碧欄干外繡簾垂，猩色屏風畫折枝。[1]

八尺龍鬚方錦褥，已涼天氣未寒時。[2]

注釋

1　**猩色**：暗紅的顏色。**折枝**：只繪單枝不及全株的花卉畫。

2　**龍鬚**：燈芯草，莖可織蓆。

韋　莊

金陵圖 [1]

江雨霏霏江草齊，六朝如夢鳥空啼。[2]
無情最是台城柳，依舊煙籠十里堤。[3]

注釋

1　**金陵**：即今江蘇南京，曾是吳、東晉及南朝四代的國都。

2　**六朝**：指吳、東晉、宋、齊、梁、陳六代。

3　**台城**：故址在今南京玄武湖側，原為吳國後苑城，晉時建
　　新宮於此，南朝時為宮殿台省所在地。

陳　陶
約 812 － 885?

陳陶（約 812－885?），字嵩伯，嶺南（今
兩廣一帶）人，或作鄱陽（今江西波陽）人。
舉進士不第，恣遊名山，自稱"三教布衣"。
宣宗大中年間，曾遊學長安，後避亂隱居洪州
西山，求仙學道，不知所終。詩多行旅紀遊
之作，寫景狀物之中，時雜仙心；唯寫邊塞之
詩，風骨猶存，而意氣消沉。

隴西行 [1]

誓掃匈奴不顧身，五千貂錦喪胡塵。[2]

可憐無定河邊骨，猶是春閨夢裡人。[3]

注釋

1　隴西行：樂府舊題，屬《相和歌·瑟調曲》。隴西，隴山以
　　西，今甘肅、寧夏一帶。

2　匈奴：喻當時入侵邊地的部族。貂錦：指戰袍，此代軍士。

3　無定河：在今陝西延安一帶。春閨：指思婦，喪生將士之
　　妻。

張　泌

生卒年不詳

　　張泌（生卒年不詳），名一作"佖"，字子澄，淮南（今江蘇揚州）人。仕南唐為句容尉，後主召為監察御史，歷考功員外郎，進中書舍人，改內史舍人。隨後主降宋，入史館，為郎中，善為詩，多寫旅思離情，淒苦冷寂，詩境近似詞境，讀來別是一種滋味。

寄人

別夢依依到謝家，小廊迴合曲欄斜。[1]
多情只有春庭月，猶為離人照落花。

注釋

1 謝家：所念伊人之家。

無名氏

　　無名氏，指不知其姓名字號的作者。但凡詩之作者無可考的，均歸之於"無名氏"。

雜詩

近寒食雨草萋萋，著麥苗風柳映堤。[1]
等是有家歸未得，杜鵑休向耳邊啼。[2]

注釋

1　**著**：謂風吹入。
2　**等是**：同是，俱是。**杜鵑**：又名子規，啼聲近"不如歸去"。

樂府

王　維

渭城曲 [1]

渭城朝雨浥輕塵，客舍青青柳色新。[2]
勸君更盡一杯酒，西出陽關無故人。[3]

注釋

1　**渭城曲**：譜入樂府《近代曲辭》。渭城，故址在今陝西咸陽
　　之東，渭河北岸。

2　**浥**：浸潤。**客舍**：驛站，旅館。**柳色**：柳之綠色，柳與
　　"留" 諧音，寓惜別。

3　**陽關**：在今甘肅敦煌西南約一百三十里。

秋夜曲 [1]

桂魄初生秋露微，輕羅已薄未更衣。[2]
銀箏夜久殷勤弄，心怯空房不忍歸。

注釋

1　秋夜曲：屬樂府《雜曲歌辭》。

2　**桂魄**：指月，舊傳月中有桂樹。**輕羅**：輕薄絲織品所製的
　　衣服。

王昌齡

長信怨 [1]

奉帚平明金殿開，暫將團扇共徘徊。[2]
玉顏不及寒鴉色，猶帶昭陽日影來。[3]

注釋

1   **長信怨**：屬樂府《相和歌·楚調曲》。長信，漢宮殿名，為皇太后所居。漢成帝嬪妃班婕妤見趙飛燕姊妹承寵弄權，主動請求到長信宮侍奉太后，並作歌自傷。

2   **金殿**：指長信宮。**團扇**：化用班婕妤詩意，舊説班婕妤曾作《怨歌行》，借團扇寄託哀怨，歌中曰："常恐秋節至，涼飆奪炎熱。棄捐篋笥中，恩情中道絕。"

3   **昭陽**：漢宮殿名，趙飛燕所居。**日影**：喻皇帝恩澤。

出塞[1]

秦時明月漢時關，萬里長征人未還。

但使龍城飛將在，不教胡馬度陰山。[2]

注釋

1　出塞：樂府舊題，屬《橫吹曲》。

2　但使：若使。龍城：匈奴祭天處，址近蒙古國鄂爾渾河。
　　飛將：指漢名將李廣，匈奴人稱他"飛將軍"。陰山：在今
　　內蒙古中部。

李　白

清平調 [1] （三首）

其一

雲想衣裳花想容，春風拂檻露華濃。[2]
若非群玉山頭見，會向瑤台月下逢。[3]

注釋。

1　清平調：唐大曲名。

2　檻：指長廊旁的欄杆。華：花。

3　群玉山：神話中西王母所居的仙山。瑤台：傳說在崑崙山，是西王母之宮。

其二

一枝穠艷露凝香，雲雨巫山枉斷腸。[1]

借問漢宮誰得似，可憐飛燕倚新妝。[2]

注釋

1 **雲雨巫山**：指楚王與巫山神女歡會事，典出宋玉《高唐賦》。

2 **飛燕**：漢成帝寵妃趙飛燕，以此喻花。

其三

名花傾國兩相歡，常得君王帶笑看。[1]

解釋春風無限恨，沉香亭北倚闌干。[2]

注釋

1 **傾國**：喻美色驚人，典出漢李延年《佳人歌》："一顧傾人城，再顧傾人國。"

2 **沉香**：亭名，沉香所築，近興慶宮龍池。

王之渙

出塞 [1]

黃河遠上白雲間，一片孤城萬仞山。[2]
羌笛何須怨楊柳，春風不度玉門關。[3]

注釋

1　出塞：樂府舊題，屬《橫吹曲》。
2　孤城：指玉門關。萬仞：極言其高，一仞為八尺。
3　羌笛：原出古羌族的管樂器。楊柳：即古笛曲《折楊柳》。
　　玉門關：址近今甘肅敦煌，古為通西域要道。

杜秋娘
生卒年不詳

　　杜秋娘（生卒年不詳），即杜秋，金陵（今江蘇南京）女子。善歌《金縷衣》曲。初為鎮海節度使李錡之妾，及錡叛唐被殺，沒籍入宮，為憲宗所寵。穆宗立，為皇子漳王保姆。皇子被廢，遣歸金陵。杜牧過金陵，感其老且窮，為作《杜秋娘詩》。

金縷衣 [1]

勸君莫惜金縷衣，勸君惜取少年時。
花開堪折直須折，莫待無花空折枝。[2]

注釋

1　**金縷衣**：曲調名，屬樂府《近代曲辭》。字面指金線所織之
　　衣，極言其華貴。

2　**堪**：可。**直須**：徑須，不必猶豫。